光文社文庫

文庫書下ろし／長編時代小説

寒梅

隅田川御用帳㈦

藤原緋沙子

光　文　社

この作品は光文社文庫のために書下ろされました。

目次

慶光寺配置図

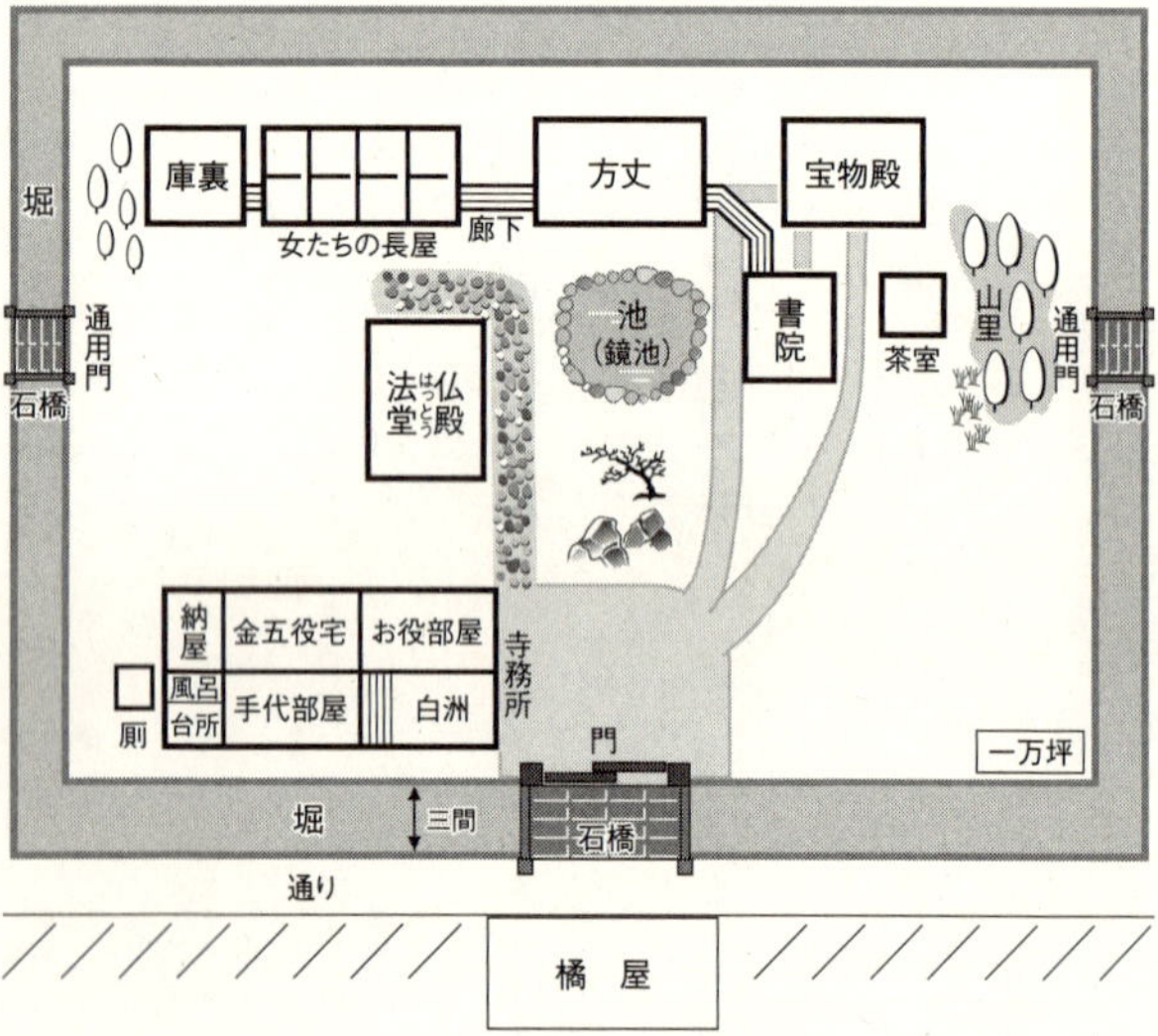

方丈《ほうじょう》　寺院の長者・住持の居所。

法堂《はっとう》　禅寺で法門の教義を講演する堂。他宗の講堂にあたる。

庫裏《くり》　寺の台所。住職や家族の居間。

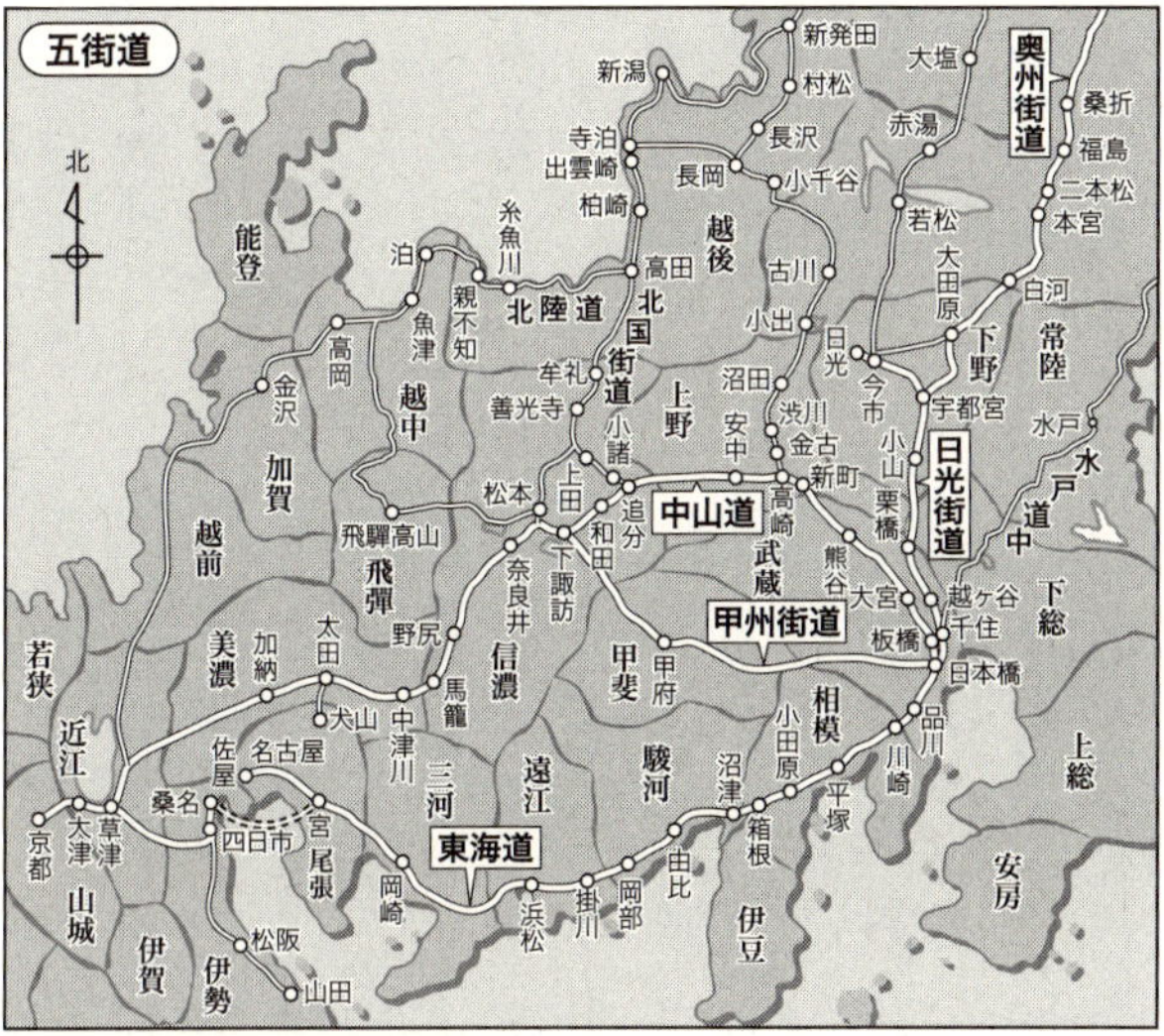
五街道
北
新発田
新潟
村松
大塩
奥州街道
桑折
寺泊
出雲崎
長沢
長岡
小千谷
赤湯
福島
二本松
本宮
柏崎
糸魚川
若松
能登
越後
泊
高田
古川
大田原
白河
親不知
北陸道
北国街道
小出
日光
下野
常陸
高岡
魚津
今市
宇都宮
金沢
越中
牟礼
善光寺
上野
沼田
渋川
安中
金古
新町
小山
日光街道
水戸
水戸道中
加賀
松本
上田
小諸
追分
中山道
高崎
栗橋
越前
飛騨高山
飛騨
和田
下諏訪
奈良井
武蔵
熊谷
大宮
越ヶ谷
千住
下総
野尻
甲州街道
板橋
若狭
美濃
加納
太田
馬籠
信濃
甲斐
甲府
日本橋
犬山
中津川
相模
品川
近江
佐屋
名古屋
三河
遠江
駿河
小田原
沼津
川崎
上総
桑名
宮
四日市
平塚
京都
大津
草津
尾張
東海道
箱根
由比
安房
岡崎
浜松
掛川
岡部
山城
伊賀
伊勢
松阪
山田
伊豆

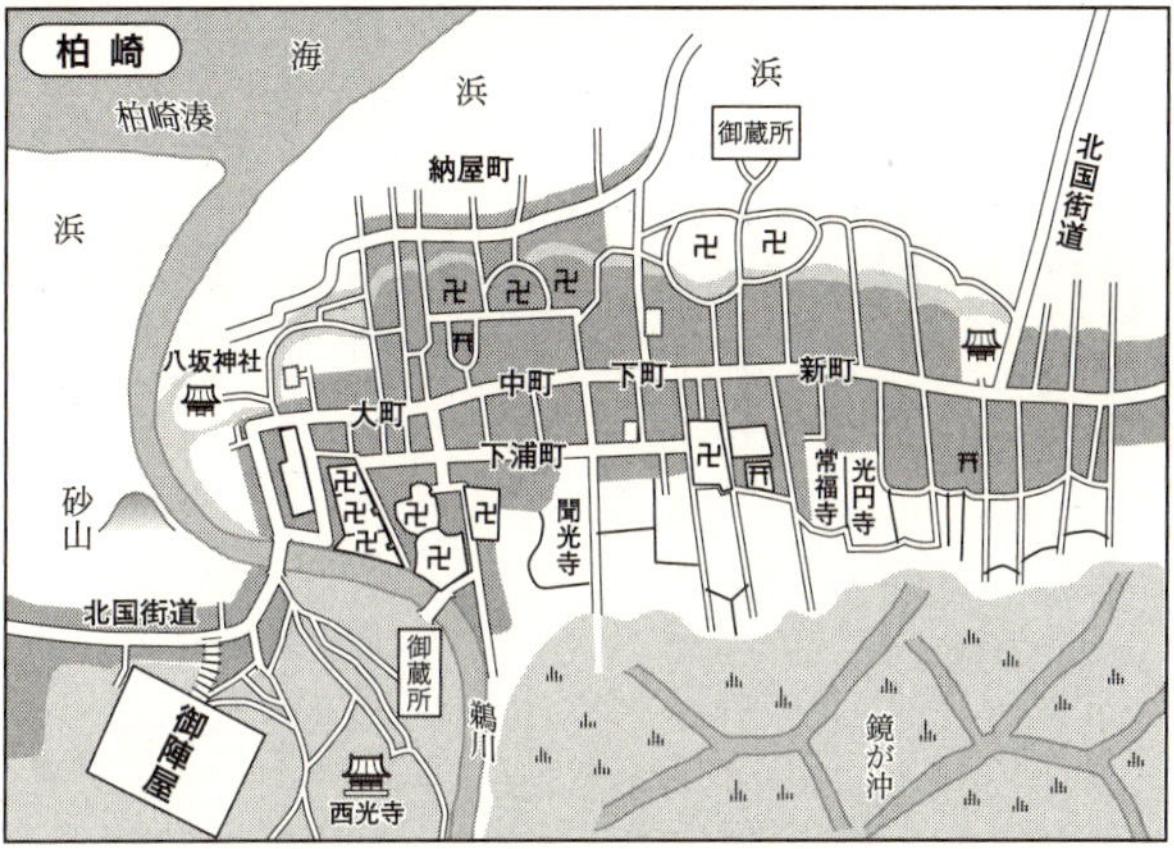
柏崎
海
浜
浜
柏崎湊
御蔵所
納屋町
北国街道
浜
八坂神社
中町
下町
新町
大町
下浦町
常福寺
光円寺
聞光寺
砂山
北国街道
御蔵所
鵜川
御陣屋
鏡が沖
西光寺

「隅田川御用帳」シリーズ　主な登場人物

塙十四郎
築山藩定府勤めの勘定組頭の息子だったが、家督を継いだ後、御家断絶で浪人に。武士に襲われていた楽翁を剣で守ったことがきっかけとなり「御用宿　橘屋」で働くことになる。一刀流の剣の遣い手。寺役人の近藤金五はかつての道場仲間。お登勢と祝言をあげる。

お登勢
橘屋の女将。亭主を亡くして以降、女手一つで橘屋を切り盛りしている。十四郎と祝言をあげた。

近藤金五
慶光寺の寺役人。十四郎とは道場仲間だった。

藤七
橘屋の番頭。十四郎とともに調べをするが、捕物にも活躍する。

万吉
橘屋の小僧。孤児だったが、お登勢が面倒を見ている。

お民
橘屋の女中。

柳庵
橘屋かかりつけの医者。本道はもとより、外科も極めている医者で、父親は奥医師をしている。

万寿院（お万の方）
十代将軍家治の側室お万の方。落飾して万寿院となる。慶光寺の主。

楽翁（松平定信）
かつては権勢を誇った老中首座。隠居して楽翁を号するが、まだ幕閣に影響力を持つ。

小野田平蔵
楽翁が老中だったころの密偵。いまは駒形堂で茶飯屋「江戸すずめ」を商う。このたび、十四郎の越後行きに同行する。

深井輝馬
『浴恩園』で楽翁の側近くに仕える側近の一人。

寒梅

隅田川御用帳（十七）

第一話　寒梅

一

「お侍様、雪が止みましたよ」

宿屋の女将《おかみ》の声で、塙十四郎《はなわじゅうしろう》は飛び起きた。

傍で紙に何かを書き付けていた小野田平蔵《おのだへいぞう》も矢立《やたて》の筆を止めて十四郎の顔を見た。

「十四郎殿……」

平蔵の顔には安堵《あんど》の色が浮かんでいる。

小野田平蔵とは、昔楽翁《らくおう》が松平定信《まつだいらさだのぶ》として老中だった頃の密偵で、今は駒形《こまがた》堂《どう》で茶飯屋『江戸すずめ』を商っている初老の男だが、このたび十四郎の従者として楽翁が付けてくれた御仁である。

二人は江戸を出てから既に二十五日、越後《えちご》の秋山《あきやま》藩に向かう道中の湯沢《ゆざわ》の宿で、足止めを食らっているのだった。

三国《みくに》街道が雪のために通行止めにならないうちにと江戸を発《た》ったのだが、三国峠は無事通過したものの、この湯沢で大雪に見舞われて、宿でごろ寝などして無《ぶ》聊《りよう》を託《かこ》ちながら過ごしているのである。

十四郎はこの年の霜月の末に『橘《たちばな》屋』のお登勢《とせ》と祝言《しゆうげん》を挙げている。

ところが時を同じくして、楽翁から越後秋山藩に偵察に出向いてほしいという要望があった。つまり早い話が、楽翁の密偵を頼まれたのだ。

十四郎にとっては、お登勢と過ごしたのは僅《わず》か数日、悩ましい旅となったが、楽翁の仰せとあっては如何《いかん》ともしがたい。

なにしろ楽翁は、松平定信として筆頭老中だった頃から、全国に密偵を放ち、さらにその密偵の働きを確かめる第二の密偵を放つなど、貪欲《どんよく》に真実を摑《つか》もうという姿勢の人だ。

非情きわまりない楽翁のその施策は、多くの犠牲者を出したということもまた事実だが、すべては私欲を捨て去った〝善き政《まつりごと》〟という信念にひた走るためのものであることは疑いようがない。

そんな楽翁に十四郎は深い畏敬《いけい》の念を抱いている。それゆえ、お登勢や友人の近藤金五《こんどうきんご》の危惧《きぐ》をひしひしと感じながらも、楽翁の依頼を受けたのだった。

むろんそこには、つい先頃一応の決着をつけたものの、もと秋山藩の百姓だった三人の男たちの悲運な事件に関わったということもあった。

その事件は、背後にある秋山藩の奥深い闇を解明したとは言い難く、橘屋のお登勢や十四郎には隔靴掻痒《かっかそうよう》の感があった。

ところがそんな矢先、楽翁自ら『慶光寺《けいこうじ》』まで乗り出してきて、十四郎にしか頼めないことがあるのだと話を切り出したのだ。

その話というのが、

「ほかでもない。越後に秋山藩という藩がある。五万石《ごく》の小藩だが、藩主水野幸忠《みずのゆきただ》は徳川《とくがわ》家ゆかりの者で、今年十八歳になった。藩主になって四年余りだが、ただ今は国元だ。実はこの秋山藩はとかくの噂があってな。それを調べるために桑《くわ》名五郎《なごろう》という者をやったのだが消息が途絶えた。考えられるのはひとつ、桑名五郎に調べられては不利益になる者たちが、桑名を監禁し、あるいは殺傷したか……」

楽翁はまずこう述べて、尋常ならざる事態が秋山藩に発生しているのではないかという危惧を示したのだった。

桑名五郎という配下の者は、白河《しらかわ》藩の一刀流《いっとうりゅう》の道場では、随一の腕前だったというのだ。

——それほどの剣客が秋山藩に入ってから消息を絶ったというのに、第二弾として十四郎に行ってほしいとは……。

傍で話を聞いていた金五が、十四郎の身を案じて、

「万が一、旅先で不測の事態が生じた時、いかが処置されるのでしょうか」

楽翁に迫ると、楽翁はさらりと、

「捨て置きとなる」

無情の言葉を発して金五を驚かせたのだった。

金五は怒りを抑えきれないようだったが、楽翁の顔には切羽《せっぱ》詰まったものが窺《うかが》えた。

「近藤、わしはな、わしのいちばん信用のおける者に、このことを頼みたいのだ。実はな、今の藩主は養子だ、誰あろうわしが仲介してなった養子縁組だったのだ」

そこまで楽翁に吐露されては、金五もすっかり腰くだけになった。

楽翁の言葉を借りれば、秋山藩では百姓たちの逃散《ちょうさん》が著しい。藩政に力を尽くすのを怠って百姓たちに辛酸《しんさん》を嘗《な》めさせて逃散に至っているのであれば、厳しく糾《ただ》さなければならないというのである。

楽翁のお供《とも》をしてきた深井輝馬《ふかいてるま》も傍から口を添えたが、それによると、秋山藩はこの十年来、藩の根幹を揺るがす借金に悩まされているのだという。

前藩主一族の長で江戸家老の水野義明《よしあき》は、楽翁に内々に助力を願い、嫡男を亡くした前藩主の養子に、松平家の血を受けた幸忠をと希望したのだ。

楽翁はこれに応えて、幸忠を秋山藩の養子に送り出したのだった。

そして前藩主が亡くなると、跡を継いだ幸忠は、藩の御用達《ごようたし》商人加島屋宗兵衛《かじまやそうべえ》を呼び、全力で藩を支えてくれるよう頼んだ。

加島屋は、この時もはや秋山藩から手を引けないほどの金を融通していたのである。

宗兵衛は大坂《おおさか》の商人などにも秋山藩に出資してくれるよう頼むのだが、ことは一介《いっかい》の商人が言うことかと首を縦に振らない商人も多数いた。

それを知った幸忠は、宗兵衛を武士の身分に取り立てた。

名を加島恒元《つねもと》として宗兵衛は、城中の勘定《かんじょう》部屋に入り采配《さいはい》を振るい、それを力にして幸忠は次々と臨時の法を発布した。城の奥の倹約、藩士への借り上げ、奢侈《しゃし》禁制、加えて土地を開墾《かいこん》して小作や小百姓に安価で与える新しい農政等を着々と進めた。

やがて藩は息を吹き返したのだった。

ところが、幕府から日光東照宮《にっこうとうしょうぐう》の補修費用として三千両の拠出を求められ、さらには二年連続の冷害に遭い、藩は再び窮地に立たされたのだ。籾蔵《もみぐら》も空になり、百姓は逃散し、町には犯罪が増えていく。

――加島屋のせいだ。加島屋は私腹を肥やしたが、藩の財政は以前より厳しくなった。

藩士の不満は加島屋に向けられて、加島屋は武士の身分を返上して、元の加島屋宗兵衛に戻ったのだ。

加島屋の後に頭一つ抜き出てきたのが米問屋の『若松屋《わかまつ》』だった。若松屋は、藩士を巻き込んで新しい勢力をつくり、藩政は現在二分されて混沌《こんとん》としていると輝馬は説明するのだった。

「正しい情報を摑まなければ、手の打ちようがない」

楽翁の思いはそこにあったのだ。

話を聞けば、十四郎の正義に火のつかぬ筈《はず》がない。それでなくても楽翁に、十四郎は大きな借りがある。

深川《ふかがわ》の縁切り寺『慶光寺』の寺宿橘屋の用心棒となり、食うに困らぬ暮らしができるようになったのも楽翁のお陰だし、慶光寺の寺役人近藤金五の妻千草《ちぐさ》が開いていた諏訪町《すわちょう》の道場を、十四郎が引き継ぐことになったのも楽翁の仲立ちによる。

今や白河藩の準藩士ともいえる立場にある十四郎だ。楽翁には、尊崇《そんすう》の念とともに、深い恩も義理も感じている。

その楽翁から受けた使命も、越後に入らねば果たすことができないのだ。

「女将、雪が降り止んだばかりでなんだが、出立《しゅったつ》はいつ頃できそうだ」

十四郎は、茶器を持って入ってきた女将に尋ねる。

「そうでございますね。これ以上降らずにお天気の良い日が続いてくれるようなら、数日のうちには道案内を頼みましょう。幸いこの先は、これまでの道のりより穏やかな道が続きます。無理をなさらずお進み下さいませ」

女将は微笑んで言った。

「よし、そうと決まったら」

十四郎は立ち上がって障子を開けた。雁木《がんぎ》のむこうに雪は人の胸あたりまで積もっているが、陽光を受けている。

――江戸の天気は……まさか雪ではあるまい。

これほどの雪をお登勢が見たらなんと言うだろうか――。

柔らかな雪の肌が描く稜線《りようせん》に、十四郎はお登勢の白い胸を思い出し、慌てて障子を閉めた。

その頃お登勢は、番頭の藤七《とうしち》と一緒に、おみかという女の相談に乗っていた。

おみかは一月《ひとつき》前に駆け込んできた、越後の国の秋山藩から欠落《かけおち》して油売りをしていた多七《たしち》の女房だった女である。

多七が変わってしまったと言い離縁を望んで橘屋にやってきたが、その後、多七が離縁に応じてくれて落着した。

ただ、何故多七がすんなり納得したのかと疑念を持っていた矢先、多七は国を欠落してきた友人二人と、秋山藩御用達『加島屋』の江戸店に火付けをしたとして捕まったのだ。

しかも友人二人は番屋で毒殺され、多七一人が生き残った訳だが、やがて十四郎たちの調べで、秋山藩を拠点とする米問屋若松屋に雇われていた用心棒丹沢与八郎《たんざわよはちろう》に唆《そそのか》されて起こした事件だと分かった。

丹沢は十四郎に問い詰められて自害して果てたが、その背後に若松屋がいることは明々白々だったものの、若松屋は関与を否定して事件は一応決着した。お登勢たちも十四郎も決着とは名ばかりの、背後にある複雑な闇に立ち入れず、後味の悪い思いを抱いたままだ。

多七たちが欠落した事情、唆されて火付けをした事情、秋山藩内で食うに事欠く百姓たちの事情を知り尽くしている加島屋と藩邸の裁量で、多七は藩の上屋敷に引き取られ、手鎖《てぐさり》の刑を受けたと聞いている。

ただ、十四郎の越後秋山藩への出向や、お登勢と十四郎の婚儀などもあり、その後おみかがどうしているのか、こちらから訪ねることもできなかったが、一月近く経った本日、おみかはひょっこり橘屋に現れたのだった。

「多七さんと、もう一度やりなおしたい。そう考えているんですね」

お登勢は、何かを決心した顔のおみかに聞いた。

「はい、手鎖の刑はまもなく終わります。そうしたら私、あの人を支えてあげたい、そう思って……」

　おみかの表情に嘘はなかった。お登勢の目を、ひたと見て訴える。

「事情が事情だったのだ」

　傍から藤七が言葉を送る。

「多七さんだって、本当は離縁はしたくなかったんだ。多七さんが離縁を承諾したのは、万が一火付けで捕まっておみかさんに累《るい》が及んではと考えたに違いない。私には同じ男としてよく分かる。だからお前さんがそういう気持ちで、多七さんとよりを戻したいという気持ちがあるのなら、何も橘屋がいうことはない。二人の思うようにすればいいんだ」

「ありがとうございます」

　藤七の優しい言葉に、おみかは頭を下げた。

「お登勢様、番頭さん。お二人にはあんなにお世話をおかけしたのに、勝手にこちらの都合でよりを戻したりしてはいけない。お登勢様やお寺の了解を得てからの話だと思ったものですから、厚かましくお訪ね致しました。本当にいろいろとありがとうございました」

　おみかは、両手をついて頭を下げた。

おみかはこれから藩邸を訪ね、多七に面会を求め、二人で今後どうするのか相談すると言う。

「二人の幸せを祈っていますよ。困ったことがあった時には、遠慮しないで橋屋にいらして下さい」

お登勢は言い、おみかを見送った。

「どうするんでしょうね、おみかさんと多七さんは……越後に帰っても村が受け入れてくれる保証はないでしょうし、かといって、この江戸での暮らしも容易《たやす》いものではありませんから……」

お登勢が、ふと漏らす。

「おみかさんが、しっかりしていますから……」

藤七は言って笑みをみせた。とそこへ、

「お登勢様、近藤様がいらっしゃいました」

女中のお民《たみ》が告げた。

すぐに足音を立てて金五が入ってきた。

「あら……」

迎えたお登勢が驚いた。

金五が深井輝馬と一緒に入ってきたからだ。深井は『浴恩園《よくおんえん》』で楽翁の側近《そば》くに仕える側近の一人だ。

一月前に楽翁が慶光寺にやってきて、十四郎に越後の秋山藩に出向いてほしい旨伝えたあの時、供として同席し、秋山藩の混迷している現状を説明してくれた男だ。

「ついこの間会っているから覚えているだろう。深井輝馬殿だ。二人に報告しておこうと思ってな」

金五は輝馬にも勧めながら、お登勢の前に座った。

「何の報告でございますか」

お登勢は言って、藤七と顔を見合わせた。

表情には出してないが、内心は動揺している。十四郎に何かあったのではないかと、咄嗟《とっさ》にそう思ったのだ。

「なに、他でもない楽翁様が、十四郎が抜けた橘屋を案じて輝馬殿を寄越《よこ》してくれることになったのだ」

「まあ……」

お登勢は驚いた。

正直この一月、難しい駆け込みはなかったものの、十四郎がいないという心《こころ》許《もと》なさは隠しようがなかったのだ。

「深井輝馬殿は、寺務所に詰めるつもりのようだが、むろんこちらにも頻繁に出入りもするし、何時《いつ》でも声を掛けてくれれば飛んでくる」

「ありがとうございました。心丈夫《じょうぶ》でございます」

お登勢は頭を下げた。

「なんでも遠慮なく……楽翁様にも塙殿の代わりをきちんと務めるよう、厳しく言われておりますので」

輝馬は笑った。

筋骨《きんこつ》逞《たくま》しく、顔もどちらかというと険しい相をしているが、笑うと人懐《なつ》っこい顔になる。

「初めはここに詰めるつもりだったらしいが、お登勢殿の美貌に、ついふらっとした日には十四郎に叱られる……それで、寺で待機することになった」

金五はそう言って、くすくす笑った。

「近藤様……」

お登勢は睨《にら》んだ。

「その塙殿だが……」

輝馬がお登勢の顔を見て告げた。

「小野田平蔵の文《ふみ》によると、三国峠を越えたのはよかったが、湯沢で大雪に遭って足止めを食っているということだ」

「すると、まだ秋山藩には入っていないのですか」

藤七が聞いた。

「雪次第だと書いてあった。二人とも元気だとありました」

輝馬はにこにこして、お登勢に言った。

お登勢は、ほっとした。同時に小娘のようにはにかんでいる自分に気付いていた。

わずか数日の夫婦の暮らしだったが、だからこそ、心も体も、常に十四郎に寄り添おうとして、切ない思いを嚙みしめているお登勢である。

「案ずることはあるまい。お登勢がこうして待っているんだからな」

にやにやして金五は言った。

二

十四郎と平蔵が、湯沢を脱出し、長岡《ながおか》を経て秋山藩に入ったのは正月を過ぎた一月の中頃だった。

二人は、町人の姿をしていた。十四郎は商人の主、平蔵は番頭か手代の形《なり》で、衣服は長岡で改め、髪も町人髷《まげ》に結い、大刀は荷物の中に包み込み、腰には小刀のみ差している。

あくまでも秋山藩の政争にかかわる者たちに知られないためだが、なかなかどうして、二人とも堂に入ったものである。

二人は城下町に入ると、互いの形を見て苦笑し、頷《うなず》き合って人の往来の中に入った。

湯沢であれほどの雪に見舞われたが、こちらは雪は降るには降ったようだが、城下町にはもうほとんど雪は残っていなかった。

ただ、やはり寒いのは寒い。お登勢が持たせてくれた襟巻きを首にぐるぐると巻き、楽翁から指定されていた旅籠《はたご》の『和倉屋《わくらや》』に草鞋《わらじ》を脱いだ。

「いらっしゃいませ。まあまあこのお寒い時季においで下さいまして……」

愛想《あいそ》のいい女将が出てきて、すぐに女中に熱い湯の入った足桶を持ってこさせ、十四郎と平蔵は足を温める。

緊張がほぐれてほっとするが、女将や宿の者たちに、十四郎たちの素性が知れている訳ではむろんない。

楽翁が和倉屋を指定したのは、秋山藩江戸家老の水野義明と懇意な宿で、少なくとも今の藩主に反目《はんもく》している商人ではないという情報を得ていたからだ。

とはいえ、楽翁や水野家老が前もって宿に十四郎たちの身元を告げていた訳ではない。あくまでも、ふらりと立ち寄った旅の商人ということになっている。

「ご滞在は、いかほどなさるのでございましょうか」

女将は笑顔もよろしく十四郎に聞く。

「そうだな、冬の北国を遊山《ゆさん》し、ついでに国々の物産も見て回りたいと思いましてね。ですから、少し長逗留《ながとうりゆう》になるやもしれません」

十四郎は言う。

「まあまあさようでございますか。うちの方は大歓迎でございます。どうぞゆっくりお過ごし下さいませ。おつねさん、二人をお部屋にご案内してちょうだい」

女将は、奥に向かって声を上げた。

すぐに中年の女中が出てき、二人は足を濯《すす》ぎ終わると、おつねに案内されて二階の座敷に入った。

二階の客間は五部屋ほどもあろうか、建物が鉤《かぎ》型になっていて、一方に三部屋、もう一方に二部屋という作りになっている。

十四郎たちの入った部屋は、二部屋のうちの一間だった。

すぐに女将が現れて、宿帳を持参したが、十四郎は名を十兵衛《じゅうべえ》、平蔵は平蔵のままで記入した。

「お江戸の方でございますね」

女将は宿帳を見て尋ねる。

「諸色《しょしき》問屋をやっています。何か良い物産があれば教えて下さい」

「そうですね、こちらは海までは少し遠くて、海の魚は獲れませんが、鮭《さけ》が有名です」

「ほう、鮭ねえ……」

十四郎が頷くと、

「と言っても、鮭漁の時期は終わりました。今は塩鮭、これは今晩のお膳にもお出しますが、鮭の飯寿司《いいずし》も美味しいですよ」
「それは楽しみだ」
平蔵も相槌《あいづち》を打つ。
「もう少し北に参りましたら村上《むらかみ》藩が有名ですが、うちだって負けてはいませ
ん」
女将の力の入った説明に十四郎たちが頷くと、
「それに、こちらでは良い紙も漉《す》いています。秋山紙と申しまして、大変丈夫な
紙なんです。お米も美味しいですし、お酒も美味しい」
「いやいや、女将さんの話を聞いていますと、帰れなくなってしまいそうです」
十四郎は笑って名産自慢の話を中断した。そして、懐《ふところ》から一枚の紙を取り出
して、女将の前に置いた。
「実は江戸を発つ時に知り合いに頼まれましてな。越後に昨年の春頃、物見遊山《ものみゆさん》
に行った友達が戻ってこない。旅先で病《やまい》にでもかかり不測の事態となっている
のかもしれないので、人伝《ひとづて》に聞いてきてほしいと……女将さんは心当たりはあり
ませんか」
女将の前に差し出した紙には、消息を絶ったと楽翁から聞いている桑名五郎の

体の特徴が書かれている。

背は高く痩せ形、色は黒く、目は細くて鼻は高い。手首に蝶が羽を広げたような痣《あざ》もある。年は三十前後、江戸者で町人と書いてある。

「そうですね……」

女将はひととおり眺めてから、書き付けを十四郎の前に戻して言った。

「うちの宿にはお泊まりではありませんでしたね。町で見かけたこともございません」

「いや、そうか、そうでしょうな。一介《いっかい》の町人など人の目に留まる筈もありませんからね。いや、元気で何処《どこ》かを遊山しているのならそれでいいのです」

十四郎は笑ってみせた。すると、

「一度町のお奉行所のお役人に聞いてみてはいかがでしょうか。いえね、きっとご無事だと思いますが、このご時世、万が一ということがございます。なにかの病になって旅先で亡くなる方もいる訳ですから……もしなんでしたら、私、聞いてみましょうか」

「いや、そうしていただければありがたい。なに、急ぎません。逗留している間に聞いていただければ……」

十四郎は言った。

町奉行所の役人に聞いてもらうというのは、危険を孕《はら》んでいる。だが役人を敬遠すれば怪しまれる。

「では……」

女将は愛想の良い顔で頷くと、おつねを連れて出ていった。


翌日二人は二手に分かれて、城下町に出た。

秋山藩は図面上では、本丸《ほんまる》の周囲に内堀を配し、次に二の丸、三の丸と配置されているが、三の丸内には藩主の縁戚である重臣の館もあるようだ。

そして外堀を配し、配下の武士たちは、この外堀の外に、身分や役柄によって居住地を決められていて、商家も城を取り囲むようにある。

下級武士に至っては城下の郊外に配置されていて、いったん事あれば侵入者といち早く戦って城を守るようになっている。

十四郎は、外堀の外から白い壁を輝かせて建つ本丸を眺めた。だが、視線を本丸の左右の櫓《やぐら》に泳がせたとき、土塁《どるい》や石垣が崩れた無残な姿を見て唖然とした。

地震で傷《いた》めたに違いないが、修理する余裕もないのか放置されて、それに草が覆い始めている。藩の台所が窺える光景だった。

町の中も、賑《にぎ》わいからは程遠く、店は開いているものの客の姿はまばらで、なんとなく活気がない。

正月明けの冬場の季節ということもあるだろうが、やはり町を吹き抜ける風は侘《わび》しい。

——おやっ……。

十四郎は、町の中心地に加島屋の暖簾《のれん》を見つけて立ち止まった。

江戸にあるあの加島屋の本店だった。店構えは江戸店の方が大きいようだが、この城下町での加島屋の店の大きさには、他を寄せ付けない威厳があった。

そして、あの米問屋若松屋の看板も見つけた。

こちらは今日は閑散としている様子だったが、白壁の蔵がいくつも見えた。

十四郎は蕎麦《そば》屋に入ってみた。

色の白いぽっちゃりした中年の女将が、十四郎に腰掛けを勧めた。

「かけを頼む」

十四郎は、蕎麦を頼んでから、

「景気はどうですか」

にこにこして聞くと、

「さっぱりです。うちなど蕎麦ですから、まだこうしてお客さんが来てくれますが、呉服をはじめ贅沢品《ぜいたく》はご禁制になっていますから、店が立ちゆかなくなったところもございます。お客さんは、お江戸の方で……」

笑みをみせながら十四郎に聞く。

「そうです、旅の途中ですが、こちらの地は初めてなんです」

「さようでございますか、どうぞ、ごゆっくり……」

女将は愛想よく応えると、板場の方に下駄の音を鳴らしていった。

すると、すぐ近くで蕎麦を食べていた町人の男二人のひそひそ話が聞こえてきた。

「おい、昨日斬り合いがあったのを知ってるかい」

言ったのは、中年の大工だった。綿入れ半纏《はんてん》に『大工』と染め抜いてある。

「ああ、一本松のところだろ」

こっちも同じ年頃のようだが、大工ではないらしい。木綿《もめん》の縞模様の、綿入れ半纏をひっかけていた。

「死人が一人出たらしいぜ」

中年の大工は、蕎麦を美味そうに啜《すす》ってから、そう言った。

「ったく、何やってんだ……物騒《ぶっそう》でいけねえやな。殿様がお国入りしてるっていうのによ」

縞模様の綿入れ半纏が応ずると、

「巻き添えを食っちゃあつまらねえ。夜は出歩かねえことだ」

大工は言い、次に声を潜めて、

「やっぱりなんだな、ご養子様じゃあ、この国を治めるのは無理なんじゃねえのかな」

「おい、声が大きい、しょっぴかれたら、どうするんだ」

縞模様の綿入れ半纏の言葉で、二人は口を噤《つぐ》んで蕎麦を食べるのに専念していたが、食べ終わると、また大工が言った。

「だけどもよ、去年の秋の終わりだったか、竜神《りゅうじん》川の岸で男が殺されていたって話、あれだって怪しい話だぜ。殺されたのが誰で、下手人は誰か、何も分かっちゃいねえんだから」

「見ざる、言わざる、聞かざるだ。殺し合いはお侍に任せておけばいいんだよ。こっちはそれどころじゃねえんだから。米も油も、なにもかも高くなっちまって、やってられねえよ」

縞模様の綿入れ半纏の男は言い、

「女将さん、ありがとよ」

懐から巾着を取り出して銭を出し、盆の上に置いて立ち上がった。

「もし……」

十四郎は、出ていこうとする二人に呼びかけた。

「今話していた、竜神川の岸っていうのは、どの辺《あた》りなんですか。教えていただけませんか」

二人は困惑した顔で十四郎を見る。

十四郎は、すばやく小粒を握らせた。すると、大工が言った。

「この道を北に一里《り》（約四キロ）ほど行きますと大きな川に出合います。昔、竜が住んでいたといわれる大きくて深い川です。そこに船着き場がありやして、物資や人を運ぶ船の船着き場です。その船着き場の近くで男が殺されたんだって聞いています」

「いや、ありがとう」

十四郎は礼を述べた。

三

——おや……。

十四郎は、城下の郊外の林道の手前で立ち止まった。

一人の旅姿の武士に、五人の覆面の武士が襲いかかっているのを見た。

旅姿の男は笠を切られ、二つに割れた切り口から顔が見えている。顔の表情は判別できないが、五人に囲まれて大刀の切っ先を突きつけられ、今にも八つ裂きになりそうな雰囲気だ。

十四郎は猛然と走った。走りながら叫んだ。

「止《や》めろ！」

一斉に五人の男たちが振り返り、十四郎の方を見たが、すぐに旅姿の武士に顔を向けると、一斉に飛びかかった。

刀を撃ち合う音が二度三度、林の中に不気味に響いた。

次の瞬間、旅姿の男が膝をついた。

走っていく十四郎の目には、左の二の腕を斬られたのが分かった。

「死ね！」

一人の覆面の男が大刀を振り上げた。

「えいっ！」

十四郎は、走りながら小柄《こづか》を投げた。商人の形《なり》はしていても、腰には道中刀よろしく小刀を帯びている。しかも羽織《はおり》を着ているから外見では小刀を差しているのは容易に目につかないが、いざという時のために刀は必要、無腰では危険な探索などできないからだ。

「あっ」

十四郎の小柄は、刀を振り上げていた武士の手首に命中した。

覆面の武士が一瞬怯《ひる》んだところに、十四郎は飛び込んで旅姿の侍を庇《かば》って立った。

「何奴《なにやつ》！……邪魔をするな！」

覆面の武士の一人が苛立《いらだ》って叫ぶ。

「一介の商人だが、黙って見過ごすことはできぬな。見れば多勢に無勢、しかもそちらは覆面姿、卑怯《ひきょう》ではないか」

十四郎は言った。

「ええい、斬れ！……こ奴も斬ってしまえ！」

尖《とが》り声が響いた。すると一斉に覆面の武士たちは十四郎に向かって切っ先を向けた。

「ふん、よいのかな……腕の一本二本どころか、その命、頂くかもしれませんぞ」

十四郎は尖り声を上げた男を睨んで言った。

だが、尖り声の男は鼻で笑うと、

「いい度胸だな。町人の俄《にわ》か剣術に、われらの剣が劣るとでもいうのか……笑《しょう》止《し》」

尖り声の男は十四郎に飛びかかってきた。

十四郎は、ひらりとその男の剣を躱《かわ》した。躱し際《ぎわ》、十四郎は、男の腕を峰で返した小刀で力任せに撃った。

「ぐっ！」

覆面の尖り声の男は大げさな声を上げて、刀を落とした。

十四郎はその刀を足先で蹴り上げて、はっしと左手に掴み、覆面の男の首元に突きつけた。その目に男の刀の鍔《つば》に、白狐《びゃっこ》の彫物があるのが見えた。

「どうするのだ……命が惜しければ、去れ！」

十四郎は尖った声の覆面の男を睨み、その仲間を睨《ね》めつける。

「引け、引け……」

ついに尖った声を発した覆面の男が叫んだ。

他の覆面の武士たちは、忌々《いまいま》しげに舌打ちをして刀を引いた。

「ふん」

十四郎は刀を遠くに投げた。

十四郎に刀を奪われ、切っ先を喉元に向けられていて尖った声を発した覆面の男は、急いで刀を拾い上げると、他の四人とあたふたしながら駆け去った。

「血を止めなくては」

十四郎は、膝を落として二の腕の血が噴き出るのを押さえている武士に歩み寄った。

「大丈夫です。かたじけない、お陰で命拾いを致しました」

武士は刀を杖にして立ち上がった。

「まずは医者だな、手当を受けた方がよい。手をお貸ししましょう」

十四郎が手を差し伸べると、旅姿の武士は十四郎の手を制し、

「ご親切、恐れ入る。だが私は江戸から今着いたばかりです。急いでいます。名を明かすこともできませんが、この通りです」

十四郎に頭を下げる。

「なに、名などよろしいのですが、城下までその怪我では……」

十四郎は懐から手ぬぐいを摑みだして二つに引き裂くと、それを繫《つな》ぎ、侍の傷口を固く縛った。

旅姿の武士は、その手際のよさに感じ入っているようだった。

視線をひしと感じながら、十四郎は告げた。

「これでよいでしょう。城下の医者に診《み》せるまでの応急処置ですが……」

「重ね重ね恩にきます」

旅姿の侍は礼を述べた。

少しほっとしたのか、白い歯を見せた。

今気がついたのだが、旅姿の侍は、十四郎より少し若い、きりりと目元の引き締まった男だった。

するとそこに、二人の武士が走ってきた。

「あっ、迎えの者が参りました。よろしければお名前を教えてくれませんか」

旅姿の武士は、近づいてきた武士二人に、手を上げて合図を送ると、別れ際にそう言った。

「いえ、名前は……私も江戸者です、ただの商人です。今は旅の途中で城下の旅籠に逗留中の者……」

十四郎が名乗るのを遠慮すると、旅姿の武士は頭を下げてから、迎えに来た武士と城下の町に向かって歩いていった。

——白昼堂々と襲うとは……。

十四郎は一行の姿を見送ると、踵《きびす》を返した。


竜神川は鈍色《にびいろ》を呈していた。しかも寒風に水面を揺らされながら流れている。そして空も鈍色。太陽の光は弱く、江戸者の目には、こういった光景は荒野に立った感さえする。

十四郎は風に吹かれながら、辺りを見渡した。

先ほど旅姿の武士を救った場所からさらに半里（約二キロ）ほど北に道をとった場所に竜神川は流れていた。

——なるほど、昔、竜が住んでいたといわれるのも納得できるな……。

季節のせいもあるだろうが、水中も見えぬほどの深い流れに人々が恐れを感じるというのはよく分かる。ここで人が殺されていたとなればなおさらだ。

――ただ……。

城下町から一里も離れたこの場所で、殺された男はいったい何をしていて災難に遭ったのだろうかと十四郎は思った。

いま目の前の光景は寒々として、舟は小屋の前に一艘繋《そう》がれているだけで、人の気配はない。

人が殺されていたというのは去年の秋の終わりだというから、今の光景とさほど違いがあるとは思えない。

春になれば人の姿も舟も見えるのだろうが、この寒風渡る季節は、まことに殺風景な場所である。

十四郎はしばらく佇んで考えてみたが、疑念を解くものは何もなかった。

――引き返すしかあるまい。俺に無駄な時間はない。

踵《きびす》を返そうとしたその時、十四郎は船着き場の傍の小屋に何かが動くのを見た。

――爺《じい》さんじゃないか……。

小屋の傍の石の上に爺さんが腰を据え、煙草《たばこ》をくゆらせ始めたのだ。その日は川の流れを見るとはなしに見ているようだ。

十四郎は、ゆっくりと爺さんに近づいて声を掛けた。

「船を待っているのですか」

爺さんは、びっくりして振り向いたが、

「いや、こういう季節には舟は動かねえ」

「そうですか。いや、舟に乗るためにここに来たんじゃないんです。昨年ここで身元不明の人が殺されていたと町で聞きまして、もしや私の知っている人ではないかと……」

「お江戸の方ですかい……」

爺さんは煙管《キセル》をしまうと、立ち上がって十四郎に聞いた。

「そうです。旅の途中ですが、昨年こちらに物見遊山に立ち寄ると言って帰ってこなかった知り合いの友人がいるんです」

「あいにくあっしは見てないんでね。死体を見つけたのは、船頭仲間の千七《せんしち》って野郎でして……」

「千七さんですか……千七さんの家を教えてくれませんか」

「それが、死体を見つけてから一月もしねえうちに、おっ死《ち》んじまったんでね」

「死んだ……」

十四郎は驚いて老人の目を覗《のぞ》いた。

「聞いた話じゃ、あの辺りだな、死体が見つかったというのは……あそこに杭が立っているだろ」

老人は、七、八間《けん》先の枯れ草に覆われている土手を指した。

「どんな男だったか、聞いていますか」

「まだ若い男だったとは聞いたが、刀でズタズタにされていたと言っていたな」

「その死体はどこに葬られたのですか」

「あの時死体の始末をしたお役人に聞けば分かるだろうが、だいたい行き倒れは無縁仏として葬られる」

「寺は……どこの寺に葬られたか知っていますか」

「さあ、それもお役人なら知っているでしょうが……だいたい行き倒れを葬れるところといえば、妙仏寺《みょうぶつじ》か安養寺《あんようじ》か……あっしには、それぐらいのことしか分からねえ」

また老人は、煙管を取り出して煙草を詰めた。

「あっしはこの川が好きでね。子供の頃から魚を捕ったり泳いだり、十六歳になると船乗りだ。船に乗って女房と子供たちを養ってきたんだ……」

煙草に火を点けて、一息旨《うま》そうに吸い、

「だから、こんな真冬だってここに来る。家の中にずっといては嫁に申し訳がねえ。それでここで川を見て過ごしているんでございますよ」

老人は苦笑してみせた。だが決して、嫌みで言っているようには聞こえない。

老人には、この荒涼とした川も、なにものにも代えがたいものらしい。

十四郎も腰に両手を当てて改めて川を眺めた。

——おやっ……。

ずっと上流の岸辺に、大きな屋敷があるのに気付いた。木々が鬱蒼《うっそう》と茂っていて森のように見える。

「爺さん、あれは誰のお屋敷ですか」

十四郎が指を差すと、

「ああ、あれは、ご先代様のご側室《そくしつ》で、お真佐《まさ》様のお屋敷だ」

「ほう……お真佐様ですか」

「ご先代はお亡くなりになったんだ。本来なら髪を下ろして仏門に入るものだと聞いておりやすが、あのお方は以前と変わりなくお過ごしだ。なにしろ、お父上様がご重役だと聞いておりやすから、無理も利くのでしょうな」

「いや、いろいろとありがとう」

十四郎は手を上げて礼を述べると、ぶらぶらと川の上流に足を運んだ。

そうして、お真佐様のお屋敷だという館の前に立ってみた。

二千坪はあろうかと思われる敷地に、門構えも立派な母屋《おもや》の屋根が見える。人の背丈よりも遥《はる》かに高い土塀が屋敷地をぐるりと取り囲んでいるようだから、中を覗こうと思ってもできそうにもない。

ぴたりと閉まった門の前でしばらく眺めていたが、やがて十四郎は踵を返した。

その時だった。十四郎は背後に鋭い殺気を感じて、くるりと振り向いてみた。

ぎいっと小さな音がして、正門脇の扉が閉まるのを見た。

——自分は監視されていたのか……。

と十四郎は思った。

そこから川の下流に目を転じれば、先ほど老人と話した小屋も男が殺されていたと聞いた土手も見える。

「………」

十四郎はもう一度正門脇の扉に目を走らせた。扉のむこうにはぴりぴりした気配が漂っている。

十四郎は、それを確かめてから門に背を向けた。

四

旅籠の和倉屋に戻ったのは、十四郎が先だった。

女中のおつねが気を利かして、すぐにお茶を運んできてくれたが、それを飲み終わらないうちに平蔵が帰ってきた。

「遅くなりました」

「何、俺も今帰ってきたところだ」

十四郎は言い、おつねが平蔵にお茶を出して下がるのを待って、今日見知ったことを告げた。

「実は私も気になることを耳にしました」

平蔵は持参してきた秋山藩の絵図を出してきて広げ、

「この、比較的よく米が穫れると聞いていた沢《さわ》村に行ってみたんですが……」

平蔵は竜神川の支流にある一村を指差した。

「村人は痩せて精気がありませんでした。この正月には餅もつけなかった、米の飯も食べられない、粥《かゆ》を食べたと言っていました。この二年の不作がたたって籾《もみ》蔵《ぐら》の米も底をついているというのです」

「ふむ」

十四郎は頷いた。

藩内の疲弊した様子は町の賑わいのなさからも窺えたからだ。

平蔵は話を続けた。

「胸の痛むような話も聞いてきました……」

平蔵の話によれば、昨年末のこと、時蔵《ときぞう》という者が家族ともども村から放逐《ほうちく》されたというのである。

時蔵は小百姓で、大百姓の家の雇われ仕事をしながら、猫の額《ひたい》ほどの自分の畑も耕すといった暮らしをしていた。

ところが不作が続いて食べる米どころか雑穀《ざっこく》もない。

家族は女房と子供二人、それに寝たきりの母親がいて、せめて正月には腹一杯米を食べさせてやりたいと考えたようだ。

そこで時蔵は、夜陰《やいん》に紛《まぎ》れて村の籾蔵に入ったのだ。

籾蔵の米が、なんのために備蓄されているのか知らぬ時蔵ではない。籾蔵の米は、村の命綱だ。

時蔵は持参した袋に、三升《しょう》ほどの米を入れて蔵の表に走り出た。だがそこで村の見回りの者に見つかったのだ。

時蔵は名主《なぬし》の家に引っ立てられたが、それまでに、見回り組に殴る蹴るの暴行を受け、一人で歩けないほどの傷を負っていたという。

誰だって米は欲しい。皆食べられないし我慢している。そんな時に、たとえ三升だったとしても、来春蒔《ま》く種籾を心配している百姓たちにしてみれば、決して許すことのできない時蔵の行為である。

時蔵は泣きながら、一食でいい、母や子供たちに飯を食べさせてやりたいと訴えた。

だが、そんなことが聞き入れられる筈もない。

時蔵一家は即刻村から出ていくよう審判が下ったのだ。

正月を目前にして、一家は着の身着のままで村を出ていったというのであった。

「この寒さです。どこかでのたれ死にしているんじゃないかと……」

「藩の米を一手に引き受けている若松屋の蔵には、米がうなっているというのだが、若松屋は大坂の米の相場を睨むばかりで、藩内に流通させようなどとは考えていないらしいな」

十四郎は頷いて言った。

「米の独占を若松屋に許しているかぎりは、今の状況は続くだろう……」

「それなんですが……」

平蔵は膝ひとつ寄せると、

「多くの藩士が、禄米を担保に若松屋から金を借りているというのです。返済のできない多くの藩士が、若松屋には頭が上がらない。つまり若松屋が藩士たちの頭を押さえつけているのです。これひとつとっても藩政は崩壊しているとしかいえません」

「藩主は、ただの飾りだというのか……」

十四郎は口に出して、苛立ちを感じた。

楽翁は、自分が推《お》した今の藩主が、なにもできずに悪政のいいなりになっている人物だったとは、思いたくもないだろう。

いずれ藩主の幸忠にも会わねばならないが、気の重いことになりはしないか……十四郎は苦々しい顔で平蔵と目を合わせた。

その時だった。俄《にわ》かに廊下に足音がして、

「お客様、ただ今お食事をお持ち致しますが、たった今玄関に、お客様にお目に掛かりたいとお武家様がいらしています。いかが致しますか」

おつねが両膝を廊下について告げた。

「私たちにお客が……」

怪訝《けげん》な顔で聞き返すと、

「はい、十兵衛様と平蔵様にお目にかかりたいのだと……」

「私たちの名を知っているのですか」

平蔵が聞く。

「はい、ご存じでした」

おつねは笑顔で言った。おつねの顔には、少しも詮索《せんさく》の色はない。お客の詮索はしないようにと躾《しつ》けられているのか、または、おつねの性格なのか。いずれにしても十四郎はほっとする。

「分かりました。ここに通して下さい。食事はそのあとにして下さい」

十四郎の言葉を受けて、おつねは引き下がり、すぐに若い武士を連れてきた。

若い武士は、

「少し話があります。席を外して下さい」

おつねを追いやって部屋に入ってくると、

「突然お訪ね致しまして驚かれたことと存じます。拙者は、馬廻《うままわ》り役、米山哲之《よねやまてつの》助《すけ》と申します」

十四郎と平蔵に深く頭を下げた。

「私たちが十兵衛と平蔵という者だということを、誰にお聞きになられたのですか」

十四郎はまず尋ねた。すると、

「重役お年寄《としより》、神代縫之助《かみしろぬいのすけ》様でございます」

と言うではないか。

「はて……」

十四郎も平蔵も、むろん初めて聞く名前だ。

「ご存じないのも無理はありません。お二人のことは、実は江戸家老水野義明様が文で知らせて参ったようです」

「ふむ……」

十四郎は、平蔵と顔を見合わせた。

水野義明といえば、楽翁に秋山藩に養子を世話していただきたいと申し入れてきた人物だ。

名は聞いて知っているが会ったことはない。

その江戸家老水野義明が、十四郎たちが秋山藩内に商人の形で入ることになっていること、宿は和倉屋になっていることなどを、知っていたのか。

考えられるのは一つ、楽翁から内密の連絡がいっているに違いなかった。

「お二人に、神代様からの伝言を申し上げます」

米山は畏《かしこ》まってそう前置きすると、

「今晩亥《い》の刻（午後十時）、神代様のお屋敷においで下さいますよう……その刻限には私が宿の表で待機しております。ご案内致します」

と告げたのだ。

十四郎は、ちらと平蔵と目を合わせてから、

「分かりました、伺いましょう」

承諾した。万が一自分たちの調べを封じ込めるつもりの使いであったとしても、断ることはできない。

楽翁の密偵が行方知れずになったことだけは分かっているが、他は何も聞いていないし、藩の内情も詳しくは分かっていない。

これから身を挺《てい》して調べ上げなければならない二人には、自分たちにとって敵であれ味方であれ、藩の人間に会うことは、ひとつのきっかけを掴むことになる。

哲之助を見送ると、十四郎と平蔵は緊張した顔で頷き合った。


夜四ツ（午後十時）の鐘が鳴っている。

十四郎と平蔵は、迎えに来てくれた哲之助の後ろに従い、夜の町を神代縫之助の屋敷に向かっている。

軒行灯《のきあんどん》の灯も消えていて、人っ子一人いない町の通りを、時折強い風が吹き抜け、それが雨戸を揺らして音を立てる以外は、寂《じゃく》としていっさい物音が消えている。不気味だった。

二人を迎えに来た哲之助が、道案内をしながら小さな声で告げた。

「近頃は油断なりません。それでこのような刻限にお誘いしたような次第です」

哲之助は商店街を抜けると外堀の橋を渡り、重臣たちの居住地に入って、大きな門構えの屋敷の前で立ち止まった。

そして、注意深く背後や周囲を見渡してから、脇門の戸を叩いた。静かに戸が開くと、哲之助は二人に神妙な顔で頷いた。

十四郎たちは勧められるままに屋敷の中に入った。

通されたのは屋敷の書院だった。

大きな燭台《しょくだい》が数台灯《とも》された部屋で、三人の男が体を近く寄せ合ってなにやら話していた。

「お連れ致しました」

哲之助が廊下に跪《ひざまず》いて告げると、三人は一斉に廊下に顔を向けた。

「あっ」

声を上げたのは三人のうちの若い武士だった。

十四郎も驚いたが、その武士は城下の林道で助けた、あの武士だったからだ。白い布で左の腕を吊っているのが痛々しい。

若い武士は、十四郎に目礼した。

「ささ、こちらへ」

近くに座を勧めたのは、中年の恰幅《かっぷく》の良い男で、十四郎と平蔵が端座《たんざ》し、

「十兵衛と申します」

十四郎が偽名を名乗ると、

「塙、十四郎殿でござりますな。そしてそちらは小野田平蔵殿……」

いきなり二人の実名を口にしたのだ。

十四郎は驚いた。一瞬返事をためらって平蔵と顔を見合わせたが、ここまで来ては肚《はら》を括《くく》るしかない。

「はて、私の名をご存じだったとは……さよう、塙十四郎と申す」

苦笑して告げた。

「ご不審なのは無理もない。本日江戸より密書が届けられたが、その中に、貴殿の名が記されてあったのじゃ。名も十兵衛と名乗り、和倉屋に逗留しているとな……」

「………」

なるほどそういうことかと、十四郎が林道で助けた武士を見ると、武士は小さく頷いている。

「ならば早々に会いたい、わが藩は一刻の猶予もなくなっている。それで使いをやったのだが……わしは町奉行の梶井軍兵衛《かじいぐんべえ》と申す者、そしてこちらの方は」

と上席に座る白髪の混じる初老の男に顔を向けると、

「お年寄の神代縫之助様」

と初老の男を紹介した。

すると、初老の男が言った。

「神代でござる。本日江戸家老から書状が参ったのじゃが、その中に、楽翁様が殿を案じられて使いの者をこちらに送り込まれたとあったのじゃ。それならば一刻も早く、現状をお伝えしておきたい、そう思いましてな」

神代は深い目の色で十四郎を見た。すると、

「申し上げます」

あの十四郎が助けた武士が言った。

「こちらのお方は、本日、私を救ってくれた方でございます」

上役二人に報告すると、「おう……」と神代と梶井は驚きの声をあげて頷きあった。

十四郎が助けた武士は手をついて、

「本日はありがとうございました。あまりにお強いので、もしや幕府の隠密ではないかと警戒して名も告げず、失礼を致しました。私は江戸家老の命で密書を運んで参りました長井大輔《ながいだいすけ》と申します」

歯切れのいい口調で十四郎の顔を見た。

「すると、林道で襲ってきた覆面の一味は、密書を奪うために襲撃してきた、そういうことですな」

十四郎は聞く。

「その通りです。あなた様のお陰で、無事お役目を果たすことができました」

長井大輔は頭を下げた。

十四郎は頷くと、その目を梶井軍兵衛に、また神代縫之助に向けて言った。

「さて、一刻を争うこととは……お伺いします」

「塙殿、実は殿のお命が危ないのじゃ」

軍兵衛はまずそう言った。

「殿のお命が……まさか病《やまい》という訳では」

十四郎が驚いて見詰め返すと、

「軟禁されているのです」

軍兵衛は怒りで目を強張《こわば》らせて言った。

「軟禁……殿を軟禁していると？」

「さよう、殿はお居間に押し込められた状態で、われらとはいっさい接触させないようにしているのだ」

「殿の側にはお小姓《こしょう》なりなんなり側近がいるのではありませんか」

「お側の者はみな追い払われて、現在殿の周りを固めているのは国家老戸田采女《とだうねめ》一派の者、その者たちが殿を監視しているのだ」

十四郎は仰天《ぎょうてん》した。

国家老が藩主を軟禁するなど尋常な話ではない。藩内の抗争の激しさを知り、一瞬言葉に詰まった。

「昨年、殿がお国入りしてから藩内は騒がしくなったのだ」

町奉行の梶井軍兵衛は、まずそう告げた。

十四郎は、静かに頷いて軍兵衛の話に耳を傾けた。

梶井軍兵衛の話によれば、国入りした幸忠は、まず真っ先に藩内の改革に着手した。

幸忠が藩主となった当初の改革第一弾は、加島屋を藩政中央に据《す》え、藩財政の再建に重点を置くというものだった。

加島屋は全力でこれに応え、藩庫も潤《うるお》い始めたその時、日光東照宮の修繕費用や二年連続の米の不作で、またもや藩の財政は危機となった。

禄米の借り上げで苦しんでいた藩士たちは、加島屋の責任を激しく問い、加島屋は騒動が大きくなる前に責任をとって幸忠の傍から離れていった。

ところが、その隙を狙っていたかのように若松屋が藩政に苦言を呈するようになった。

加島屋を退《しりぞ》けて若松屋を押し出してきたのは藩の重臣たちだったのだ。

現実に藩の米を掌中にしているのは若松屋だ。藩士の禄米を金に換えてやるのも、また禄米を担保に金を貸してやるのも若松屋だ。

いわば若松屋が藩士の意を牛耳《ぎゅうじ》っていることになり、幸忠の意は通らなくなっていったのだった。

そこで幸忠は国入りを機に、藩内で権力ばかりを振るう上士《じょうし》たちではなく、中堅の藩士を取り立てて、改めて藩を改革しようと考えたのだ。

ところが、この幸忠の考えが漏れると、藩内はこれまで以上に揺れた。

その結果、幸忠の意を尊重し、藩を立て直そうとする一派と、若松屋を利用して幸忠の意を阻止しようとする一派に分かれたのだ。

「それがあからさまな態度となって現れたのは……」

と、梶井軍兵衛は大きく息を吐いてから、

「この正月の年賀の儀のことだ。重臣は一日に、上士は二日にというように、家格や役職によって登城する日が決まっているのだが、まず一日に登城するべき国家老の戸田采女様、年寄の松井治右衛門《まついじえもん》殿、荻原兵太夫《おぎわらへいだゆう》殿が、揃って体調がすぐれないなどとして年賀の御挨拶を拒んだのだ」

「なんと……」

十四郎は驚くのを通り越して愕然《がくぜん》とした。これほど大胆に藩主への離反の意をあからさまに示すなどという話は聞いたことがない。

梶井軍兵衛は十四郎と平蔵の険しくなった表情を見て、さらに話を続けた。

「加えて翌日の二日、勘定奉行、寺社奉行、郡代《ぐんだい》と、いずれも国家老の息の掛かった者たちが登城しなかったのだ。そして五日ほど前から殿のお側近くにいた者たちは皆追い払われて、殿は軟禁されてしまったのだ」

梶井軍兵衛が話し終えると、今度は神代縫之助が口を開いた。

「おそらく戸田家老は、自分の意のままに殿が要求を呑むまで軟禁するつもりだ。いや、わしが案じているのは、殿が意のままにならぬと分かった時、戸田家老は殿のお命を奪おうとするのではないかと。気が気ではないのじゃ」

「しかし、幸忠様を亡き者にすれば跡取りのいないことを理由に、藩は改易《かいえき》となるのではありませんか」

十四郎は言った。

「それが、先代のお血を引く方がお一人おられるのです」

梶井軍兵衛が答えた。

十四郎が梶井軍兵衛に顔を向けると、

「戸田家老の養女で先代様の側室になったお真佐の方という女《ひと》がいるのですが、そのお子で、松之助《まつのすけ》様という方です」

「なんと……」

十四郎は声を上げた。

それなら、竜神川の船着き場の上流に大きな屋敷を見たが、それがそうなのかと告げると、

「そうです、あのお屋敷でお暮らしです」

梶井軍兵衛は言った。

幸忠が秋山藩に養子に入った時には、まだ松之助は六歳と幼かった。しかも先代は、お真佐の方が国家老戸田の養女だということもあり、松之助に跡目《あとめ》を譲るのを躊躇《ちゅうちょ》したのだ。

国家老戸田の専横《せんおう》と傲慢《ごうまん》は、先代の時から目に余っていたのだ。

そんな折、幸忠が楽翁の仲立ちで養子となり跡目を継いだ。

さすがに国家老の戸田も、松之助が幼いこともあって口を噤んで容認してきた訳だが、このたびの幸忠の改革の案を知り、自身の勢力が大きく削《そ》がれることに不満を持ったのだ。

梶井軍兵衛の言葉を借りれば、もはや黙って見過ごすことはできぬ。戸田家老にとっては、そういうことのようだ。

梶井はさらに、こう言った。

「俄かに殿に危険が迫ってきておるのじゃ。神代様と頭を抱えていたところに、江戸家老から密書が届き、和倉屋に十兵衛という名で楽翁様の御使者が逗留していると知ったのじゃ」

すると今度は神代縫之助が言った。

「塙殿、このこと、幕閣《ばっかく》のお耳に入れれば我が藩の行く末が案じられる。貴殿には力を貸していただきたい。生き証人となって、真実を楽翁様に届けていただき、御助力を頂きたいのじゃ」

五

十四郎はまんじりともしない夜を過ごした。

国の重臣の一人、神代縫之助と町奉行梶井軍兵衛の話はあまりに深刻で、どこにどう突破の糸口として狙いを定めたらいいのか、それを考えていると目が冴えて寝付けなかったのだ。

朝方になってようやく浅い眠りについたが、目が覚めてみると平蔵の姿は部屋にはなかった。

十四郎は慌てて起き上がると、身なりを整えた。

すると、そこにおつねがやってきた。

「お目覚めでございますか。いますぐにお食事を運んで参ります」

と言う。

十四郎は階下に引き揚げようとしたおつねを呼び止めた。

「おつねさん、連れの者を知りませんか」

「ああ、お出かけになりましたよ。十兵衛様には、ゆっくりお休みいただきたいので起こさないでくれとおっしゃって……」

　おつねはにこやかに答えて、階下に下りていった。

　十四郎は急いで朝食を摂った。

　昨夜の話で、この一連の騒動に関わる双方の中心人物の名を聞いた。

　まず、幸忠藩主側は、江戸家老水野義明一派、用人《ようにん》の宇佐庄左衛門《うさしょうざえもん》、それに国元の重鎮、年寄の神代縫之助、町奉行の梶井軍兵衛。

　そして一方の藩主幸忠を軟禁しているという一派は、国家老の戸田采女、年寄の灘次右衛門《なだじえもん》と荻原兵太夫、勘定奉行の児玉金兵衛《こだまきんべえ》、そしてお真佐の方と松之助。

　また、戸田采女が今最後の仕上げに自分の陣営に取り込もうとしているのが、目付《めつけ》の菊田兵庫《きくたひょうご》と奥医師《おくいし》の玄斎《げんさい》だった。

　梶井軍兵衛の推測では、目付の菊田兵庫を味方につけたその時点で、戸田采女たちは、強硬な手段に出るのではないかということだった。

　目付は藩の上士だけでなく、中士にも下士にも目を光らせている。目付を押さえておかなければ、後でどんな害を被《こうむ》るか分からないということらしい。

　——平蔵は、村回りに出かけたに違いない。

　自分もこうしてはいられないと、十四郎が衣服を整え、小刀を腰に差したその

時、

「ごめん下さいませ」

宿の女将が愛想の良い顔を見せた。

「お出かけ前にご報告があります。十兵衛さんがおっしゃっていた物見遊山に出かけて行方知れずになったという知り合いのお友達ですが、私の知り合いの町奉行所の方にお聞きしましたところ、手首に痣《あざ》があった人の記憶があるっていうんです」

「何……」

十四郎の顔が思わず強張《こわば》った。

「お会いになりますか？」

「ぜひ」

「では、町奉行所を訪ねて下さい。同心の石島《いしじま》様ってお方です。石島万次郎《まんじろう》様です」

十四郎は、急いで宿を出た。

昨夜、町奉行の梶井に会った十四郎は、折を見て、桑名五郎の消息について相談してみようと考えていたところだったのだ。

町奉行所は城下の商店街を突っ切って、外堀の橋を渡った際《きわ》にあった。

門番に石島万次郎の名を告げ、旅籠の和倉屋の名を出すと、すぐに中に案内してくれた。

玄関脇の腰掛けで待っていると、でっぷりと太った男が、手下の岡っ引を連れて近づいてきた。

「和倉屋の女将から聞いている。十兵衛だな」

と言う。

「はい、十兵衛でございます。もしやと思って女将さんに相談したのですが、石島の旦那に相談してみたらどうかと言って下さいまして……」

十四郎は腰を折る。

ここ数日で不思議なほど町人が板について、自分でも感心して、腹の中でにんまりとしている十四郎だ。

「ふん、その方が捜している男の特徴とはどういうものだ……手首に痣があると聞いているが……」

石島は勿体《もったい》ぶった顔で聞く。

「はい、特徴はこれに書いてございます」

十四郎は、桑名の特徴を書いた紙を石島に手渡した。

石島はさらりと読んで、手下に渡した。その手下も読み終わると、十四郎に紙を手渡しながら言った。

「お前さんが捜している人かどうかは分からないが、竜神川の船着き場近くで殺されていた男に特徴は似ているな」

「竜神川の……あの、船頭の千七さんが遺体を見つけたという男の人のことでしょうか」

問いかけながら十四郎の胸は騒いでいる。

「そうだ、よく調べているじゃねえか」

「いいえ、たまたま昨日人伝に聞いておりまして……それで遺品はなかったのでしょうか」

平身低頭恐れ入った顔で聞く。

「遺品……身元も分からぬ男だったのだ。下手人も分からないまま無縁仏として葬られている」

石島は言った。

「葬られたお寺は、どちらでしょうか」

「妙仏寺だ。この秋山藩では一番大きな寺だ。お城の北側にある。なんなら行ってみるがいい。うん、石島から話を聞いてきたと言えばよい」

「ありがとうございました」

十四郎が礼を述べて踵を返そうとしたその時、

「どうだ……少しは役に立ったか？……女将によろしく言ってくれよ」

石島は言った。どうやら石島は、宿の女将に気があるようだ。

「はい、お伝えします」

十四郎が腰を折ると、

「必ずだぞ、石島に世話になったと、忘れるな」

先ほど十四郎に応対していた態度とは打って変わって、石島の鼻の下は随分と伸びているようだった。


「無縁仏のお墓は、こちらでございます」

妙仏寺の小僧が案内してくれた無縁仏の墓は、墓地の端っこにあった。

墓地の敷地は広大で、そこにある墓石は立派なものが多く、この寺は身分ある人たちの墓が多い寺のようだ。

だが、無縁仏の墓は陽の当たらぬ場所にあり、枯草の上にまだ残雪が弱々しい光を載せていた。

無縁仏の墓碑は細長い石を立てた形だけのもので、仏になった者たちの悲哀を物語っているように十四郎の目には映ったが、それでもこうして打ち捨てられずに葬ってもらえるだけでもよいのかもしれない。

密偵として放たれた桑名五郎。潜伏先や旅先で密偵が不遇の死を遂げても捨て置く、と楽翁は言ったが、そうは言っても、こうして十四郎たちに消息を突き止めてほしいと頼む心の中には、密偵に対する楽翁の気持ちが表れているのではないか。

楽翁が、ただ冷たいだけの人ではないことを十四郎は知っている。

「お参りが終わりましたら、庫裏《くり》に声を掛けて下さい」

小僧はそう告げて、寺の方に戻っていった。

十四郎は、しばし手を合わせた。名を刻むこともなく葬られた人たちの中に、密偵の桑名五郎がいるのかと思うと胸が痛かった。

まもなく十四郎は庫裏を訪ねて和尚と対面し、昨年竜神川で殺された人物について、気が付いたことがあれば教えてほしいと告げた。

和尚は遺体の特徴を書き留めた覚書《おぼえがき》を持っていた。それを眺めながら、

「確かに背は高く痩せていましたな。鼻も高かった。手首に痣がありました。蝶と言われればそうですな、そういう感じの痣でしたな」

と言う。そして、

「遺品がありますが、ご覧になりますか」

といったん奥に引っ込むと、油紙に包んだ物を持ってきた。

「どうぞ」

十四郎の前に置く。

十四郎は油紙を広げた。

「！」

遺髪と、何かを書きつけた半紙を細かく折り畳んだ物、それに剃刀《かみそり》、矢立が入っていた。

十四郎は紙を取り上げ、破らないように広げた。だが、驚いて目を擦《こす》った。

紙には文字と数字、それに判別しにくい絵文字も混じっていて、なんと書いてあるのか皆目《かいもく》分からない。

ただ、文字の最後に、五つの黒い点を円を描くように置いてあり、十四郎は息

を止めた。一見家紋のようにも見えるが、

——桑名五郎の、五だ。

十四郎は、竜神川の船着き場で殺されていた男は、桑名五郎に間違いないと確信した。

慌てて矢立の筆を取ってみると、そこには五、とある。

「和尚、間違いないようです。私の知っている男です」

十四郎は言った。

「それはよかった。時にこういうことがありますから、遺品を残しているのですが、どうぞこちらの遺品は持ち帰り、供養をしてあげて下され」

和尚の言葉に十四郎は謝意を述べ、金一両を懐紙に包んで和尚の膝前に置き、庫裏を後にした。

油紙に包んだ桑名五郎の遺品は、十四郎の懐で何かを語り掛けているように思える。

——他人事《ひとごと》ではない。俺だってどうなるか分かったものではない……。

複雑な思いを胸に妙仏寺の門を出たその時、十四郎の耳に女の叫び声が聞こえた。

はっとその方角を見ると、

——いかん。

十四郎は階段を二段飛びして下りていくと、寺の正門に向かって延びている杉並木の道を走った。

十五間《けん》（約二七メートル）ほど先で、武家娘とお供の女中が三人の網代笠《あじろがさ》を被《かぶ》った武士に囲まれている。

武家の娘は、懐剣を手に立ち向かおうとしているのだが、三人の男は、じりじりと武家の娘に近づいている。

「菊田の娘と知っての狼藉《ろうぜき》か、名を名乗りなさい！」

武家娘が叫んだ時、

「無駄な抵抗は止めろ。一緒に来るんだ！」

尖り声が言った。

——おやっ。

どこかで聞いた声だと気づいたその時、

「お嬢様、お逃げ下さい！」

女中が懐剣を振り上げて男たちに向かっていった。だが、

「あっ」

女中は撥《は》ね飛ばされた。刹那《せつな》、男の一人が武家の娘の懐剣を持つ手首を摑んだ。

「待て、その手を放せ！」

十四郎が走りこんできた。

一斉に三人の網代笠の男たちが振り返った。

同時に三人は驚愕《きょうがく》した様子で十四郎を見た。

網代笠が深く顔は判別できないが、十四郎の出現に動揺したのは間違いなかった。

十四郎の方も、男の一人の刀の鍔に見覚えがあった。

「ほう、あの折の白狐の彫物の刀か。その尖り声にも聞き覚えがある」

ぐいっと歩み寄る。

「うっ……」

三人は一歩引く。

「まさか私を忘れた訳ではあるまい」

「うるさい、この娘がどうなってもよいというのか」

尖った声の白狐の鍔を持つ男が言った。男は武家の娘の懐剣を取り上げて、その切っ先を武家の娘の喉元に突きつける。

　その時だった。

「ギャー！」

　ものすごい声があがった。女中が立ち上がって体を捩《ね》じるようにして叫んだのだ。

　皆の視線が一斉に女中に向いた。

　その一瞬の隙《すき》をついて十四郎が動いた。刹那、十四郎は尖り声の男の足を払うと同時に、武家の娘に突きつけていた懐剣を取り上げ、一間(約一・八メートル)ほど先に突き飛ばしていた。

　尖った声の男は、尻餅をついて仰向けに倒れた。同時に網代笠がぽろりと外れて、眉の濃い鷲鼻《わしばな》の顔が露《あら》わになった。

「ひ、引け！」

　尖った声を出す男は、掌《てのひら》を広げて顔を隠しながら仲間に叫んだ。網代笠三人組は、杉並木の中に駆け込み、姿を消した。

「ありがとうございました。私は菊田兵庫の娘で奈緒《なお》と申します。御先祖のお墓参りにまいったのですが、どうやらずっと尾《つ》けられていたようでございます。危うところをお助け下さいましてお礼を申し上げます」

　武家の娘は腰を折った。

「菊田兵庫様というと、まさか目付の……」

　驚いて十四郎は聞き返した。

　菊田兵庫の名は昨夜、神代縫之助の屋敷で聞いたところだ。

　幸忠を軟禁している一派は、目付の菊田兵庫を仲間に引き入れようとしているのだと言っていた。

　その重要人物の娘が目の前にいるのである。十四郎の問い返しに、

「はい。おっしゃる通り、父は目付を拝命しております。お役目がお役目ですから、人の恨みも買いやすい。一人で出歩かないようにと父には注意されていたのですが……」

　娘は言い、肩を竦《すく》めて微笑んだ。愛くるしい表情だった。語り口も柔らかく、菊田奈緒は、たおやかで色の白い越後美人である。

　十四郎も微笑み返すと、

「私は和倉屋に逗留している商人で十兵衛という者です。奈緒様は、あの者たちに見覚えがあるのですか?」

十四郎は懐剣を返してやりながら聞く。

「いいえ、覚えはございません」

「でもあの人たちは、奈緒様と分かって襲ってきたのです。かどわかそうとしたのです」

女中が言った。

「それは聞き捨てなりませんな。そういうことなら、このまま引き下がるとは思えません。いかがですか、お参りを終えるまで私がここでお待ちします。お参りが終わりましたら、お屋敷までお送りしましょう」

十四郎の申し出に、奈緒はほっとした顔で、

「お言葉に甘えます。それでは急いでお参りしてまいりますので、よろしくお願い致します」

頭を下げた。

六

菊田奈緒の住む屋敷は、外堀の中の重職を担う屋敷群の中にあった。

「こちらです」

門前で立ち止まると、奈緒はにっこり笑って告げた。

「奈緒お嬢様、お帰りなさいませ」

門の中から初老の中間《ちゅうげん》が走り出てくる。

「それでは、私はこれで……」

引き返そうとした十四郎を、

「お待ち下さい。せめてお茶を差し上げたく存じます」

奈緒は引き留めた。

「いや、私はここで失礼します」

と言ったその時、門内のむこう、玄関に家士たちが揃い始めた。

「父上が出かけるようです」

奈緒は十四郎にそう言うと、女中には、

「十兵衛様をお引き留めして門の中に……」

厳しく言いつけて奥の玄関の方に走っていった。

「申し訳ございません。どうぞ、お嬢様のお気持ちを汲《く》んでさしあげて下さいませ」

女中は十四郎を門の中に袖を引っ張るようにして導いた。

門から玄関まで二十間（約三六メートル）はあるだろうか、十四郎は女中と一緒に門内に入った。

その時、屋敷の中から玄関の式台《しきだい》に恰幅のよい初老の武士が出てきた。羽織袴《はかま》姿である。

奈緒の父親、菊田兵庫だった。

家来たちは皆膝をつき、兵庫が草履を履いて一歩踏み出すのを待っている。

そこへ奈緒が走り寄った。

父親の兵庫に訴えて、次に十四郎の方を向いて、あちらの方だと言うように手をこちらに伸ばした。

兵庫は頷くと、家来二人を連れて十四郎に近づいてきた。

「十兵衛とやら、娘を助けてくれたと聞いた。礼を申すぞ」

兵庫は言った。

――この男が今、戸田家老が誘いを掛けている菊田兵庫か。

十四郎は改めてじっと見た。

目の前の男は、彫りの深い豪毅《ごうき》な顔つきの男で、鬢《びん》には白いものが走っている。

いかにも目付一筋に励んできた実直そうな顔だ。

「いえ、たまたま行きあわせたものですから」

十四郎は兵庫に言って目を伏せた。

「腕がなくては行きあわせても助けてはもらえまい。奈緒は大変な剣客だと申しておるぞ。父上も一度拝見しろと言っている」

「畏《おそ》れ入ります」

十四郎は笑った。

「奈緒には、ふらふら出歩かないように厳しく言ってあるんだが、言うことを聞かぬのだ。今日はそなたに出会って助かったが、親を心配させて困っておる。一言言ってやってくれぬか、出歩かぬほうがよいと……」

兵庫は微笑んで言ったが、十四郎は苦笑を返した。

すると兵庫は、

「奈緒がぜひお茶を一服差し上げたいと申しておる。わしはこれから出かけねばならぬが、せめてもの礼じゃ、聞いてやってくれ」

そう言ってから、さあ行くぞと言うように、兵庫は後ろに従っている家来たちを振り向いた。

十四郎は顔を上げた。

「畏れ入ります。ひとつお尋ねしたいことがございます」

出かけかけた兵庫を呼び止めた。

怪訝な顔で十四郎を兵庫は見た。

「本日、奈緒様を襲った輩《やから》の一人は、妙に尖った声を出す男でした。刀の鍔に白狐の彫物をしておりまして、網代笠で隠していた顔は、眉の濃い鷲鼻の男……心当たりがあるのではございませんか」

十四郎は、じっと見る。

「知らぬな」

兵庫の返事は、そっけなかった。

「しかし、奈緒様は尾《つ》けられていたようです。かどわかすつもりだったと見たのですが」

「心当たりなどある訳がない」

兵庫はむっとして答えると、家来を連れて出かけていった。

「すみません。お気を悪くしないで下さいませ」

はらはらしていた奈緒が近づいて言う。

「いえ、それはいいのですが、あなた様もお父上のおっしゃる通り、外出は控えられたほうがよい」

「分かりました。お助けいただいた十兵衛さんの忠告、素直にお受けします。それよりお茶を……」

奈緒はどうしても、このまま帰さないぞという顔だ。

十四郎は断り切れずに屋敷の中に入った。

女中に案内されて、廊下を渡って離れの小座敷に入る。書院造《しょいんづくり》の落ち着いた部屋だった。

この部屋に入るまでの閑静な庭の景色、いや、屋敷は大きいが、侘《わ》び住まいのようなたたずまい。これが藩の重職にある人の屋敷なのかと疑うほどの質素さに、十四郎は驚いていた。

「今、お嬢様がお茶を点《た》てて参ります」

女中は手をついて言った。

「ほう、お茶を点てられるのですか……」

ふっとお登勢の姿が脳裏を過《よ》ぎる。

「はい。奈緒様はつい先ごろお茶の先生から、茶筅《ちゃせん》さばきがお上手だと褒《ほ》めていただきました。それで、こちらにおいでになる方には自らお茶を点ててさしあげているのです。できればお茶室で差し上げたかったのだと存じますが、今日はあいにく火を落としておりまして……」

「かたじけない。礼を申します」

つい十四郎は、武家言葉で言ってしまった。

あれっという顔を女中はしたが、そのまま引き下がっていった。十四郎は顔を床《とこ》の間に向けた。

軸は掛かっていなかったが、荒削りな焼き物の花器に、寒梅が一枝挿《さ》してあった。

無味乾燥なこの部屋の空間に、寒梅の白い花弁が凜然《りんぜん》と開き、微《かす》かな芳香を放っている。

十四郎は、じっと見詰めた。

久しぶりに心休まる場所に座っていると思った。

「失礼致します」

その時、しずしずと奈緒と女中が入ってきた。

女中が干菓子《ひがし》盆の菓子を差し出すと、奈緒が古帛紗《こぶくさ》に載せてきた茶碗を差し出した。

「どうぞ……頂き物のお菓子とお抹茶です」

十四郎は、差し出された菓子を摘み、そして茶碗を引き寄せると、慶光寺の万《まん》寿院《じゆいん》やお登勢に教わっている作法を思い出してお茶を飲んだ。

「結構なお点前《てまえ》でございました」

茶碗を置いて世辞《せじ》を述べた十四郎に、奈緒は嬉しそうに微笑んで、

「お礼と申しましても、お茶を差し上げることしかできません。ご覧のとおり、屋敷の中にはもう何もございません。この部屋に掛かっていた軸も売り払いまして……お恥ずかしい次第です」

奈緒は笑みを漏らした。

「いやいや、藩内の苦患《くげん》は噂にも上《のぼ》っています。江戸者の私なども耳に入れております。お父上もさぞ大変な日々をお過ごしかと……」

十四郎は問いかけてみた。

「はい、近頃は本当に難しい顔をしています。以前は町奉行の梶井様がよく碁《ご》を打ちにいらしていたのですが、近頃では行き来も途絶えてしまいまして」

「ほう、何かあったのですかな」

十四郎は言った。

町奉行の梶井は、年寄の神代と一緒に藩主幸忠を支えようと尽力している。

「私には分かりません。あんなに仲のよかった梶井のおじ様と疎遠になるなんて……母上が亡くなって、どうかしてしまったのかしらと思ったりして……」

「お母上は何時《いっ》、お亡くなりに……」

「はい、母上は昨年亡くなりました。生きていれば父上の心を救ってくれたのではと……だから私、母上にお願いしたくて、今日お墓に参ったのです」

十四郎は頷いた。この娘も、やはり母を失った心の隙間を埋めようとして、十四郎などにも人懐こく接してしまうのかもしれない。ふとそんな風にも思った。

「お母上は何のご病気で……」

十四郎が尋ねると、

「病名は分かりませんでした。こちらのお医者様では治らないと父上は思ったらしく、藩医の先生から紹介していただいたお江戸のお医者様で、福沢宗周《ふくざわそうしゅう》先生にも頼ったのですが」

「なんと、福沢宗周先生をですか。私もよく存じています」

十四郎は驚きの声を上げた。思いがけず知っている人の名が出て声が弾んだ。

「まあ……!」

驚いたのは奈緒も一緒だった。

「なんだか不思議。お会いしたばかりですのに、十兵衛様のことが随分身近に感じます。ねえ、お前もそうは思いませんか」

奈緒は弾んだ声で言い、女中に同意を求めるように微笑んだ。

竜神川船着き場の上流、お真佐の方の屋敷正門に出迎えに出てきた侍は、やってきた菊田兵庫にそう告げた。

「これは菊田様、ご家老が首を長くしてお待ちです」

——菊田だと……あの男が菊田兵庫か……。

物陰で聞き耳を立てている平蔵は、驚いて菊田兵庫をしっかりと見た。

平蔵は、藩主に反旗を掲げた首謀者、国家老の戸田采女に早朝から張り付いていた。

すると戸田家老は、昼前にこのお真佐の方の屋敷に入ったのだった。

平蔵は、戸田が出てくるのを待っていた。するとそこに、今度は目付の菊田兵庫がやってきたという訳だ。

予期していなかっただけに、平蔵は驚いた。

菊田兵庫とは、今回の騒動を説明してくれた年寄の神代縫之助と町奉行の梶井軍兵衛によれば、目付の菊田が相手方の陣営に付けば事は一挙に動く、それも最悪の事態を招くかもしれないと言っていた当の人物だったからだ。

平蔵は菊田兵庫が屋敷の中に入るのを確かめると、頃合いをみて門の中に忍び込んだ。

今朝からの張り込みで、常時門番が立っていないことは分かっている。

中間《ちゅうげん》の姿は見たが、おそらく来客でもなければ、正門の傍の中間部屋で待機しているに違いない。

かつて楽翁の密偵を務めた平蔵は、その辺りのことは、少し調べれば読みを間違うことはない。

平蔵は広い邸内を、木立や前栽《せんざい》に身を隠しながら、勝手知ったる屋敷のように、するすると菊田の姿を追って向かった。

――いた……。

踏み出した足を引っ込めて、平蔵は青木の陰に腰を落とした。

先ほど屋敷に招き入れられた菊田兵庫が、若い武士の案内で廊下を渡ってきたところだった。

平蔵が入り込んだ庭のむこうには座敷があって、そこには切り髪で打掛姿の中年の女と、初老の武家が床を背にして座り、横手に中年の武家が座しているのが見える。

若い武士が菊田の到来を廊下から告げると、

「ごめん」

菊田兵庫は部屋の中に入った。

若い武士が一礼して下がっていくと、平蔵は足音を忍ばせて座敷近くの植え込みの中に身を隠した。

そして、鋭い目と耳を立てて、座敷の中を注視した。

「よく参られた。ささ、もそっと近くに参られよ」

戸田家老は愛想よく、菊田兵庫を招いた。

すると、横手に座っていた中年の武家が言った。

「他でもない、殿のことじゃ。お国入りされたと思ったら、第二の改革だなどと申されて、われら国の根幹をお預かりしている者としては困り果てておる。妙な改革などやられては我が藩は混乱を極めるばかりじゃ。菊田殿は昨今の殿の言動、どのようにご覧になっているのかの」

にやりと口辺に笑いを潜めて、その男は菊田兵庫に言った。

すると菊田は、胸を起こして泰然として言った。

「殿は真剣に考えてのことと存ずる。古い考えではこの苦況は乗り切れぬ。若い者たちの自由闊達《かったつ》な意見も取り入れようというものだと……私は殿の施策を見守りたいと考えております」

「われらの地位が脅かされるとは思われないのかな」

「荻原様……」

菊田兵庫は、中年の武家の方に膝頭を向けた。

──荻原……。

そうか、あの男が年寄の一人、戸田と結託している荻原兵太夫かと、平蔵は植え込みの中で頷く。

菊田はきっぱりと荻原に言った。

「今考えるべきは、自身の地位うんぬんではござらん。この国の人々の安泰をどうして手に入れるか、そのことではござらぬか」

荻原は忌々《いまいま》しそうな顔で舌を打った。

するとお真佐の方が厳しい言葉を挟んだ。

「菊田殿、殿は先代様のお血を受けてはおりませぬぞ。ご養子です。ご養子が本気でわが藩のことを考えるでしょうか。殿の申されていることは戯言《ざれごと》です」

「お方様、そのお言葉、聞き捨てなりませぬ」

菊田は毅然《きぜん》として言った。

――さすが目付だ。

平蔵が感心して、にやりと笑ったその時だった。

おもむろに戸田家老が言った。

「現実を見ろ、殿は既に我が掌中にあり、あとは決行するばかりとなっている。おぬしが仲間に加われば即決行。殿を亡き者にして、お真佐の方の一子松之助様を次期藩主とする」

「なんという……承知できぬ」

菊田兵庫は立ち上がった。座を蹴って部屋を出ようとしたその時、俄かに戸田の配下の若い武士たちが廊下に身構えて立った。

一瞬怯《ひる》む菊田に、背後から戸田の声が響く。

「娘御、奈緒殿が、どうなっても構わぬとお考えか」

「何！」

戸田の方に振り返った菊田兵庫に、

「いつでも、どこでも、おぬしの娘を狙えるよう手配済みだ」

「ひ、卑怯な！」

歯ぎしりする菊田兵庫に、戸田が立って歩み寄り、

「大事を打ち明けたからには帰すわけにはいかぬ。血判《けつぱん》を押してもらうぞ」

「くっ……」

菊田は、がっくりと膝をついた。

――いかん、このままでは……。

平蔵は、無理やり手を摑まれて血判書に拇印《ぼいん》を押す菊田の苦渋《くじゆう》の顔を確かめてから植え込みの中から静かに脱した。

七

十四郎が秋山藩御用達の呉服問屋『加島屋』を訪れたのは、夕七ツ（午後四時）を過ぎていた。

頃合いを見て加島屋に足を運べと楽翁から言われていた。

店の中に入り名を名乗ると、すぐに番頭の利助《りすけ》と名乗る男が出てき、十四郎の名を再度確かめた後、

「どうぞ、こちらへ……」

と店の奥に案内した。

「江戸から昨日届いている物がございます。主の加島屋宗兵衛からも文がございまして、塙様を全力でお支えするようにとのことでした」

「加島屋宗兵衛殿は、私がこちらにいることをご存じなのか」

十四郎は驚いた。

十四郎と平蔵が秋山藩に入ったことは、秘中の秘。江戸では楽翁と水野義明以外に知る者はいないと考えていたからだ。

「主は、江戸家老の水野様とは大変近しい方です。また水野様は楽翁様に秋山藩ご養子の件をお願いした間柄。それに、昨年、秋山藩を欠落した百姓が起こした事件では、塙様には大変ご尽力いただいたと主は申しておりまして、加島屋は全力で支援するようにと……」

「それはありがたい……」

「宿も和倉屋からこちらに移られるのでしたらどうぞ。離れが空いております」

利助は、ひとつひとつ念を押すように言う。

物腰、そして真剣な表情のひとつひとつが、十四郎には頼もしく見えた。

さすが加島屋の留守を預かる番頭だと感心した。

「いや、宿は和倉屋のままで……ただ、万が一都合が悪いという事態になりましたら、よろしく頼む」

「もちろんでございます。なんなりとお申し付け下さいませ」

利助はそう言うと、手を打った。

すぐに手代と女中が揃ってやってきて、廊下に膝をついた。

「手代の七之助《しちのすけ》と申します」

「私は女中のおきたと申します」

「この二人は、信頼のおける者です。お見知りおきいただきまして、何かございましたらお使い下さいませ」

用意周到というか、迅速で漏れのない心配りに、十四郎は感服した。

いざという時に手足となってもらえると思えば心強い。

二人は、十四郎に挨拶を済ませると店の方に引き揚げていった。利助は、油紙に包まれた荷物を十四郎の前に置いた。

「どうぞ、お確かめ下さいませ」

「うむ……」

十四郎は油紙を外し、さらに風呂敷に包まれ固く結んである結び目の封印を切った。

「……」

まず目に留まったのが文だった。文の下には薬の入った紙袋と、もう一つ巾着も見える。さらにその下には綿入れの下着があった。

十四郎は文を取り上げて宛て名を見る。『登勢』とあった。

思わず心の臓が早鐘《はやがね》を打つ。だが十四郎は、さりげなくそれを懐に押し入れると、薬の袋を確かめ、巾着の中を確認した。

小判の二十五両の封印ひとつが入っていた。これはおそらく楽翁の心遣いだろうと思った。

そして綿入れの下着が二枚、それにはこよりがついていて、「十四郎様」「平蔵さん」とお登勢の文字で記してあった。

——お登勢は、俺の身を案じて……。

おそらく文には、余計な心配を掛けるようなことは書いていない筈だ。だが、こうして、心底案じながら下着を縫ってくれたのだと、十四郎はそっと下着の感触を確かめた。

「ありがとう。いや、実は路銀《ろぎん》が心細くなっていたのだが、これで安心できた」

十四郎は顔を上げて、利助に礼を述べる。

「塙様……」

利助は真剣な顔で十四郎を見た。飛脚便の荷物を確かめ終わるのを待っていたようだ。

「お耳に入れたいことがございます」

俄かに険しい顔で手をついた。

「塙様は、この秋山藩の小百姓の現状については、欠落した者から話は聞いていると思われますが、ますます藩内の百姓たちは追い詰められております。米の専売権を持つ若松屋が原因です。若松屋は不作で行き詰まった百姓に籾米を貸し付け、その時土地を担保にし、結局最後には土地を取り上げているのです。百姓たちは何時一揆《いっき》を起こしても不思議はないのだと、加島屋に訴えてきています」

「番頭さん、一揆を起こせば、御公儀も黙ってはおりませんぞ」

十四郎は言った。

「分かっているのですが、百姓を納得させる手立てがありません。昨日、なんとか殿様のお耳に入れてと、そう思いましてお城の奥を預かる滝井《たきい》様に殿様の様子をお聞きしましたところ、殿様はこのところ体調を崩して臥せっておられる。しかも面会謝絶で奥の者たちもお会いすることは叶《かな》わぬとのこと……」

「殿は御病気だと。それはまことか……」

十四郎は嫌な予感がした。

「はい、滝井様はそのようにおっしゃっていました」

「………」

まさか毒など盛られているのではあるまいなと、十四郎の頭を不吉な影が過《よ》ぎる。

「塙様、あちらもこちらも、今藩内は不穏で不安な空気に包まれています。どうぞご尽力下さいますようお願いします」

利助の顔は必死だった。

十四郎は、江戸から送られてきた物を小脇に抱えて店の外に出た。

――藩が抱える問題は、あまりにも大きい。

和倉屋に向かう十四郎の足取りは重かった。

「十兵衛様、いかがでございましたか、お役に立ちましたか」

宿に帰ると、女将がお茶を運んできて言った。

「おう、そうだった。女将、女将のお陰で石島様には親切にしていただいた。ありがとう」

十四郎が礼を述べると、

「ふっふっ、石島様は、万次郎様は、なぜか私に親切にして下さいましてね。随分と助かっておりますの」

暗に自分にほの字だということらしい。

「そうだ、女将によろしく言ってくれと何度も石島様はおっしゃっていた。確かに伝えましたぞ」

十四郎が告げると、

「あらまあ、何がよろしくなんでしょうね」

大げさにとぼけてみせて、嬉しそうに階下に降りていった。

十四郎は、女将の足音が消えるのを待って、慌てて懐の手紙を取り出した。

——お登勢……。

高鳴る気持ちを抑えながら文を開いた。

一字一句、目に焼き付けるように読む。やはりお登勢の文は、感情を抑えた文章だった。


お元気でお過ごしのことと信じております。私たちも皆変わりございませんので、ご安心下さいませ。

昨日は万寿院様からお茶室へのお誘いがございました。

『星雲』という茶銘のお茶を、萩焼の濃茶茶碗で頂戴いたしましたが、お抹茶の青が映えて美しく、十四郎様にご覧いただきたく存じました。

床の花は寒梅でございました。そちらに梅は咲いているのでしょうか。

一輪同封致します。

御身体お大切にお過ごし下さいますよう、お祈りしております。


十四郎は慌てて封書を見直した。

目付の娘、奈緒がお茶を運んできてくれた小座敷にも寒梅が活《い》けてあったと思い出しながら注意して探すと、

――あった……。

白い花弁が膝に落ちていた。見落としていたのだった。

指で摘んで、じっと見詰める。

万が一、十四郎の手に届かず、誰かに封を切られたとしても、お登勢の文章からは、十四郎がどんな任務で越後に入っているかなど分からぬように、お登勢は細心の注意を払って認《したた》めているのだった。

それだけに、お登勢が十四郎に寄せる深い愛情が伝わってくる。お登勢は白梅が好きだった。凛《りん》として咲く花の気高《けだか》さとお登勢の姿は、十四郎には重なって見える。

ふっと十四郎の脳裏に、僅か数日ではあったが、夫婦として過ごした濃密な時間が浮かんできた。

お登勢の美しさは心映えだけではない。その心を包んでいる体も白く滑らかで、そして柔らかくて弾力があり、えも言われぬ魅力を秘めている。

――お登勢……。

手にある文を、力を入れて握りしめたその時、階段を上がってくる足音が聞こえてきた。

十四郎は、慌てて文を畳むと、懐に押し込んだ。

「遅くなりました」

平蔵が入ってきた。

「塙殿、もう一刻の猶予《ゆうよ》もありませんぞ」

平蔵は座るや否《いな》やそう告げた。

「私も平蔵さんに話したいことがある。まずは、そちらの話を聞こう」

十四郎は言った。

「菊田兵庫が、戸田派の血判状に印を押しましたぞ」

平蔵は、険しい顔で告げた。

「何……間違いないのか」

「この目で見てきました。押したというより無理やりですが」

平蔵は、お真佐の方の屋敷であった一部始終を十四郎に告げた。

「そうか、そういうことか」

十四郎は頷いて、目付の娘奈緒がかどわかされそうになったところを助けたこと、奈緒を屋敷まで送り届けたが、その時出かけていく菊田兵庫を見送ったことなどを平蔵に告げた。

「それらはいずれも、今にして思えば血判状に印を押させるためのものだったのだな……」

十四郎は言う。

「力ずくでもやる気だ、戸田家老は……」

平蔵はそう言った。

十四郎は苦々《にがにが》しい顔で頷くと、町奉行所の石島同心から妙仏寺を教えてもらって寺に赴《おもむ》き、無縁仏に参ったが、和尚から葬った男の遺品を見せられ、桑名五郎の遺品に違いないと判断し、引き取ってきたのだと平蔵の前にその品を並べた。

「これは……」

平蔵はさすがに衝撃を受けた様子だった。

白い半紙の上に置かれた遺髪、矢立、そして謎の文字を書いた紙を順番に手に取ってから、平蔵は沈痛な顔で頷くと、

「間違いない。これは桑名五郎の遺品だ」

きっぱりと言った。遺品に見える五つの黒い点と五の数字は、間違いなく桑名五郎の標《しるし》だというのだ。

「ならば平蔵殿、この文字を読み解くことはできぬか。桑名さんが命を懸けて残

した文字だ」

十四郎が聞く。

「やってみます。この文字は、楽翁様に仕える密偵たちの間で取り決めたもの、さほどの時間はかかりません」

平蔵は、きっぱりと言った。

八

翌日の夜五ツ（午後八時）、十四郎と平蔵は年寄神代縫之助の屋敷に向かった。刻限を違《たが》わぬようという使いが来て、二人は五ツの時の鐘が鳴り終わる頃には神代の屋敷に入った。

その夜集まったのは、町奉行の梶井軍兵衛、江戸家老の密書を神代に届けた長井大輔、それに用人の宇佐庄左衛門と小姓の筒井新次郎《つついしんじろう》という者が加わっていた。皆、刻限を少しずつずらして密かに集まったようだ。対立する戸田派の目から逃れるためだという。

皆が顔を揃えたところで、神代が着座すると、まず用人の宇佐庄左衛門が深刻な顔で報告した。

「殿はよほどお悪いとみえる。しかし、ほんの少しでも寝所に近づこうものなら、戸田家老配下の者が、今にも斬りかからんばかりの形相《ぎょうそう》で『会わせるわけにはいかぬ、戸田家老に許可を頂いてくれ』などと、このわしに平然と言うのだ。用人のわしにすらそうなのだ。だから誰も殿の容態《ようだい》を知ることはできぬのだ。殿の安否《あんぴ》が案じられる」

宇佐庄左衛門は用人だ。殿が江戸にいても国元にいても、常に側にいて、殿への取り次ぎから始まってなにもかも一人で捌《さば》いていたのである。

ひとときも殿の側を離れたことがない人間なのだが、その宇佐までもが殿に近づけないのだというのであった。

幸忠は病気だというが、それならなおさら、用人の宇佐が側にいなければ、どれほど心細いことか――。

すると今度は小姓の筒井新次郎が訴える。

「とにかく殿には誰にも会わせない、それこそが戸田家老の策略なのです。私たち小姓も、殿の側から遠ざけられて久しいのです。茶坊主の話では、戸田様は殿に隠居を勧めているようです。隠居して、ゆっくり養生されるようにと……」

小姓の筒井新次郎はまだ若い。眦《まなじり》を吊り上げている。

「まさか殿は、毒を盛られているのではあるまいな」

梶井軍兵衛が呟《つぶや》いた。

その言葉に皆、しばらく黙った。

「なんでもありの人たちです。目付の菊田様を取り込めば、それだって平気でやってしまうに違いありません」

筒井新次郎が皆の顔を見渡したのを受けて、十四郎が言った。

「菊田兵庫様は本日、戸田家老の手に落ちた」

「何、本当か……そんな馬鹿なことがあるもんか」

梶井軍兵衛は言った。

「この平蔵殿が見てきております。お真佐の方の屋敷に呼び出されて腕ずくで血判を押させられたようです」

十四郎の言葉を受け、平蔵もお真佐の方の屋敷で見たありのままを皆に伝えた。

「信じられん」

梶井は臍《ほぞ》をかむ。

「梶井様は菊田様とは碁敵《ごがたき》で友人だと奈緒殿も申しておりましたが、菊田様から何もお聞きになっていないのですか」

十四郎が聞く。

「この騒動が始まった時、一度会っている。その時、わしは神代様と殿を守る、おぬしもそうしてくれと言ったんだ。そうしたら菊田は、分かっている、殿あっての秋山藩だと。ただし、俺は目付だ、表だってどちらにつくということはせぬ。そう言ったのだ。それでわしは、くれぐれも気を付けろ、戸田家老は必ずおぬしに声を掛けてくるぞと注意をした。菊田は笑っていた。わしがそんな男に見えるかと……その菊田がな」

梶井軍兵衛は無念がる。

「万事休すか」

用人の宇佐庄左衛門が呟いた。

「いや」

十四郎は皆の顔を見渡した。

「勝負はこれからです」

十四郎は、平蔵を促した。平蔵は頷くと、

「私の仲間が一人、どうやら戸田家老の息のかかった者に殺されたようなのですが、遺言を残しておりました……」

その者は妙仏寺に無縁仏として葬られていたが、和尚が遺品を保管していてくれて、全てが判明したのだが、その者の調べた結果によると、戸田家老は幸忠が家督《かとく》を継いだその時から、幸忠追い落としを考えていたのだと告げた。

皆、黙って頷く。平蔵は話を続けた。

「不作が続き、幕府への普請《ふしん》上納金の拠出などで秋山藩の台所が危機となった責任を加島屋に取らせると、戸田家老は米問屋の若松屋と結託して米の横流しを行い、それを大坂の米問屋に売って得た金を自身の懐に入れているのです」

「それはまことの話ですか、でも、いったいどうやって不正を働いたんですか」

筒井新次郎が聞く。

十四郎は頷いて説明した。

「ひとつは、籾蔵の米を密かに若松屋の蔵に移動させ、窮地に陥った百姓たちに籾米を貸し、その代わりに田畑を担保に取り、最終的には土地を奪い取っていく。もう一つは、藩の米の横流しだ。若松屋はこれを大坂の米問屋に売却し、戸田家老と山分けしている。これには蔵奉行の島木虎之助《しまぎとらのすけ》という御仁がかかわっているようだ」

「確たる証拠はあるのだな」

梶井軍兵衛が聞いた。

「これが今話した証拠の全てです。不正を記載した帳面です」

平蔵が懐から、一冊の帳面を出して置いた。

皆の視線が一斉に注がれる。

梶井軍兵衛はそれを取り上げると、さっと目を通したのち、神代に手渡した。

平蔵は、神代に説明した。

「これを手に入れたことで、私の仲間は命を取られたようです。仲間は、自分が命を狙われていると知り、これを竜神川の船着き場にある小屋の中に埋めていたのです。和尚が保管していてくれた遺品に標を書き残しておりまして、今朝私と塙殿と船着き場に出向き掘り起こしてきたものです」

「神代様……」

帳面を捲《めく》り終えた神代に、梶井がせっつくような声を掛けた。

「まずは蔵奉行を押さえることだな」

神代は、梶井に言った。

梶井は大きく頷いて、

「それは私に任せてもらおう」

きっぱりと言った。

「それと、肝心なのは、殿の御病状を知らずして、何も手は打てぬということだ」

神代は思案の顔で言う。

「しかし……」

筒井新次郎は神代に膝を進めて、

「戸田様は藩士の一人一人を厳格に色分けしているようです。とりわけ、神代一派だと分かれば、どんな理由を並べてもお目通りは許されません」

怒りを込めて膝を打つ。

「うむ……手立ては一つ」

神代は、じっと十四郎を見た。

「塙殿に尽力願いたい」

「私に、ですか」

十四郎は聞き返した。

「そうだ。これは藩の存続に関わることだ。失敗は許されぬ。ところがわれらは、殿に近づきたくても近づくことは叶《かな》わぬ。われわれは皆顔が知られておるからな。そなたしかおらぬのじゃ」

神代の瞳には、決死の炎が燃えている。

「分かりました、やってみましょう」

十四郎は言った。

翌日、十四郎と平蔵は加島屋で髪を武家髷に結い、十四郎は裃《かみしも》姿で、平蔵は小袖に羽織袴、十四郎の従者の姿に身を整えた。二人はこれから登城するのである。

「お気をつけて……」

加島屋の番頭たちが店先で見送った。

「うむ」

十四郎は平蔵と加島屋を後にした。

だが、数間歩いたところで呼び止められた。

「十兵衛様、十兵衛様ではございませんか……」

振り返ると、奈緒が風呂敷包みを抱えた女中と立っていた。

――しまった。

　十四郎は戸惑った。案の定、

「まさか、まさか。ああ、やはり、そうだったのですね」

　奈緒は驚いて十四郎の姿を、まじまじと見た。

　十四郎が返事に窮《きゅう》して苦笑していると、

「私、妙仏寺で助けていただいた時から、十兵衛様は商人なんかじゃないと、もし今は商人でも、以前はお武家じゃないかと思っていました。最初は江戸に定《じょう》府《ふ》している方かと思いましたが、それならば旅籠に泊まっているのは不自然だと思いまして……だってそうでしょう……江戸に定府の方なら、なぜに町人の姿をしているのかと……」

　奈緒は混乱しているようだった。

「すまない、これには事情があって」

「事情……」

「さよう」

「どんな事情なのでしょうか、武士が町人の姿をするなんて、それは人の目をごまかすためではございませんか。あなた様はいったい、何者なんでしょうか」

　奈緒は語気を強める。まるで相思していた相手に裏切られたかのように、問い詰める言葉のひとつひとつに、奈緒の悔しさが滲《にじ》み出ている。

「奈緒殿……」

　十四郎が一歩前に出た。だが奈緒は、一歩後退りして、

「わたくしは、わたくしは、これから宿に参りまして、あなた様に相談したいと屋敷を出てきたのです。でももう、あなた様に相談してよいものかどうか……」

「ひとつだけ申しておきたい。私は奈緒殿の敵ではない」

「なぜそんなことが言えるのでしょうか。なにひとつ、私はあなた様の真実を知らないのです。十兵衛様という名も、おそらく偽名でございましょう……」

　奈緒の声には皮肉めいた色もみえる。

　十四郎は、呼吸ひとつ間を置いてから奈緒に告げた。

「確かに十兵衛は仮の名、私は塙十四郎という」

　十四郎の後ろから、平蔵は、はらはらして二人の会話を聞いている。

「ただ、何故《なにゆえ》姿を変えているのか、それは言えぬ」

「……………」

　奈緒は黙って十四郎を睨んだ。

その双眸《そうぼう》から涙が溢《あふ》れている。

「信用してもらえぬなら仕方ないが、私でよければいつでも力になる。私は、この国のこと、お父上のこと、奈緒殿のことも、案じているのですから。それだけは信じてもらいたい……」

「塙殿……」

平蔵が急ぐように促す。

十四郎は頷くと、くるりと踵《きびす》を返して、城の方角に歩いていった。

――塙、十四郎様……。十兵衛様が、塙十四郎様……。

奈緒は、十四郎の後ろ姿を見送りながら、まだ混乱していた。

衝撃はすぐには収まりそうもなかったが、最後に十四郎が言った、

「私は、この国のこと、お父上のこと、奈緒殿のことも、案じているのですから。

……それだけは信じてもらいたい」

その言葉に、奈緒は心の中で縋《すが》ろうとしているのだった。

父、菊田兵庫の様子が尋常ではないことに心を痛めていた奈緒は、なぜか十兵衛になら相談できる、信用に足る人だと思っていたのだ。

ただ、十兵衛が塙十四郎という武家で、何か目的があってこの城下にやってき

ているのだと分かった以上、藩の揉めごとを抱えているに違いない父親のことなど相談できるはずもない。

奈緒は男ではないが、他国の者に藩の内情を漏らす怖さは理解しているつもりである。

どのようなことで、藩に災いをもたらすか分からないのである。

――十兵衛様に相談してみようだなんて……。

自分は不用心だったと奈緒は気づくと同時に、言いようのない哀しさに襲われていた。

――この哀しさは……。

奈緒は、はっきりと十四郎に対する恋心を、今ここで知ったのだった。

これまでにも縁談は幾つもあったが、奈緒の心が動くことはなかった。

だが十四郎には、これまでにない大人の、懐の深い男を感じていたのであった。

奈緒は、目の前の加島屋の暖簾を見詰めた。

――あの方は、この店から出てきたのだ。この店の者なら、あの方のことはご存じなのかもしれない。

だが、店に入って問い質《ただ》す勇気はなかった。

「奈緒様、帰りましょう」

奈緒の様子を心配した女中が声を掛けた。

九

半刻《はんとき》（一時間）後のこと、十四郎と平蔵は秋山藩の本丸中奥《なかおく》の廊下に入っていった。

二人を先導するのは表の茶坊主だが、見るからにおずおずと案内していく。何者かに怯えているのは確かだった。

それもそのはずで、茶坊主に至るまで幸忠への面会は全て断るようにと、国家老戸田の命令が浸透していたからだ。

そんなことは承知の十四郎は、楽翁の使いの者だと告げて、封書の送り名の楽翁という文字と花押《かおう》を、ぐいと掲げて押し入ってきたのだった。

むろん本物の楽翁の文字でもないし花押でもない。密偵として入った十四郎たちが、楽翁の書状など持参している筈がない。

一計を案じて、加島屋で十四郎たちが作ったものだ。

手本は本物の楽翁の書状に記された文字と花押で、加島屋には以前楽翁から貰った書状があったのだ。

露見すれば一大事になるのも覚悟の上だが、乗り込んだ秋山藩本丸御殿の侍たちは、驚きと恐れで平伏《へいふく》し、十四郎と平蔵は幸忠のいる中奥の居間に通してもらえることになったのだ。

「待ちなさい」

居間に向かう十四郎たちに声を掛けた者がいる。むこうからやってきた武家だった。

「………」

十四郎はその人の顔を見て、思わず声を出しそうになった。

相手も目を丸くして、十四郎の顔をじっと見た。その人とは、菊田兵庫だったのだ。

「どちらに行かれる」

菊田兵庫が聞いたのは、茶坊主にだった。

「はい、楽翁様の御使者にて、殿のお居間までご案内しております」

茶坊主は腰を折り、頭を下げて言う。

相手は目付だ。茶坊主にしてみれば、煙たく恐ろしい人物なのだ。

「楽翁様の御使者なのか、このお方は……」

菊田兵庫は驚いて十四郎を見た。

十四郎は、黙って一礼した。

菊田兵庫は驚きを隠せぬまま、黙って十四郎たちに道を譲った。

――菊田兵庫は殿に会っていたのか……。

戸田に取り込まれた菊田兵庫だ。一抹《いちまつ》の不安が十四郎の胸を過ぎったが、十四郎は背後に自分を見送る菊田兵庫の視線を感じたまま、気づかぬ態《てい》で茶坊主の案内に従った。

だが、居間の前で今度は数人の血気漲《みなぎ》る侍たちに前を塞がれた。

「待たれよ」

侍たちは白い襷《たすき》姿で、刀の柄をぐいと上げ、いつでも斬るぞというように威《い》嚇《かく》している。

別の侍が、表の茶坊主をまず叱った。

「徳栄《とくえい》、ここには誰も通してはならぬと戸田様からご指示が出ているのを忘れたか！」

「存じております。したがこのお方は、江戸の楽翁様の御使者でございますので……」

徳栄と呼ばれた茶坊主は、消え入りそうな態で言う。

「何、楽翁様の使者……」

侍は判断しかねて、横に並ぶ同輩たちに目顔《めがお》で聞いた。

侍たちの顔に動揺が走った。判断に迷っているのが分かった。

侍たちの答えが返ってくるより先に、十四郎は書状を突き出し、威厳をもって平然と告げた。

「ご存じであろう。今、楽翁様は御隠居の身ではござるが、ひとときは御老中の筆頭であられた。こちらの幸忠様にとっては義父《ちち》も同然のお方。万が一、この文が届かぬと知った時には、そなたたちの命はむろんのこと、この藩の存続もないと思われよ」

侍たちは、ぎくっとして一足後ろに引いた。

すると、平蔵が語気強く言い放った。

「ええい、退《ど》きなされ！　今申したことが聞こえてないのか！」

侍たちは扇の真ん中を切り裂くように二手に分かれて道を開けた。

十四郎と平蔵は、堂々と侍たちの警護を突破した。

さらに平蔵は侍たちに命じた。

「ここは私一人で十分だ。おのおの方は詰所にて待機なされよ」

ぐっと睨みつける。

侍たちは、あたふたと居間の前から去っていった。

平蔵は十四郎に頭を下げると、そこにどっかと座った。

十四郎は一人で居間に入っていった。

居間には奥医師が一人待機していたが、十四郎の姿を見るや、

「玄斎でございます」

深く頭を下げた。

「塙十四郎と申す。そなたの名は、神代縫之助殿から聞いておる」

「神代様から……」

玄斎は、驚いて聞き返す。

十四郎は頷くと、

「楽翁様の使者の塙十四郎と申す。殿の顔を拝見し、楽翁様の言葉を伝えたい。

御容態はいかがか……」

十四郎は泰然として聞く。

「殿は隣室の寝所でございます。ご案内いたしますので、御容態は塙様の目でお確かめを」

玄斎は言い、隣室の戸を開けると、

「殿……」

臥せっている幸忠の側近くに進んだ。そして幸忠に耳打ちした。

「何……」

幸忠は驚いて半身を起こした。

「塙とやら、近《ちこ》う」

しっかりとした声で十四郎を呼んだ。

「では、私は隣室で控えておりますので……」

玄斎は、静かに下がっていった。

「初めてお目にかかります。楽翁様より遣わされました塙十四郎と申します。まずはこの品をご覧下さいませ」

十四郎は懐から、一枚の帛紗《ふくさ》を出して幸忠の前に置いた。

「おう、これは……」

幸忠は懐かしそうな声を上げた。

その品は、幸忠がこの秋山藩に養子縁組が決まった折、楽翁にお礼にと贈った品の一つだ。

紫の縮緬《ちりめん》の帛紗に『楽』の字が配された美しい物で、幸忠は唐物の秘蔵の茶入れと一緒に贈っている。

「幸忠に会うことがあったら、これを示せ」

楽翁が十四郎に渡してくれた、たったひとつの品である。

密偵として秋山藩に入る十四郎と平蔵が、あからさまに楽翁の密偵だという証拠を持って入ることはできない。

だがこの品だけは、仮に誰かの手に渡ったとしても、幸忠が楽翁に贈った品だなどと分かる筈もない。

「何かの役に立つかもしれぬ」

楽翁がそう言って持たせてくれた物であった。

「紛《まぎ》れもない、そなたは楽翁様の使《の》いじゃな」

幸忠は言い、掛け布団を手で撥ね除けると、十四郎の傍に来て手を取った。

「殿……」

十四郎が驚いて幸忠の顔を見た。苦悩に満ちた青白い顔が、十四郎を見詰めている。

「お体に障りますので……」

褥《しとね》に戻るよう勧めたが、

「案ずるな、仮病《けびょう》じゃ」

幸忠は言った。

「仮病……」

十四郎は目を丸くした。

「そうだ、戸田たちを欺《あざむ》くためだ。戸田は玄斎に少しずつ毒を盛るように命じたそうだ。だが玄斎はそうはしなかった。代わりに、戸田たちの目を晦《くら》ますために、だんだん体が弱っていくふりをするようにわしに言ったのだ」

「安心いたしました。城の外に聞こえてくる風聞では、殿は重病だと……」

十四郎は内心、まだ信じられない気持ちである。それほど幸忠の顔は青白かった。

「本当だ。顔には白粉《おしろい》を塗っておるのだ。これも玄斎の考えでな」

幸忠は苦笑した。よく見ると確かに白粉の白さである。

十四郎も思わず苦笑した。

「今、わしの周辺で信頼できるのは玄斎一人じゃ、心細く思っておったところじゃ。まさか楽翁様の使いが参るとはな。まだわしにも少しは光があるとみえる」

幸忠は言う。

「殿……」

十四郎は改めて膝を直すと、楽翁が幸忠を案じて自分を遣わした経緯《いきさつ》を話した。

また、幸忠の藩政改革についても、すべて聞き及んでいることも告げた。

その上で、第一弾の藩政改革に携わった加島屋を窮地に追いやり、若松屋と結託した戸田家老が、米の横流しで多額の不正の金を手にしていること。

さらにこのたびは、戸田の言うことを聞かぬ幸忠を亡き者にし、お真佐の方の息子を次期藩主にしようとしていること。目付菊田兵庫を脅して血判を押させたことなど、十四郎は順を追って説明した。

一言一句、険しい顔をして聞いていた幸忠は、大きく頷くと、

「よく分かった。わしは危機一髪のところにいることは分かっていた」

悲壮な表情で、そう言ったのち、

「それにしても、あの忠義者の菊田がな……今日は随分と顔色が悪かったが、そ

ういう事情だったのか」

「本心で血判を押したのではないのですから、説得すれば、いざという時に戸田家老の言いなりになることはないと存じます」

幸忠は頷くと、

「先代の頃より長年勤めてくれている者だ。わしも頼りにしておる。戸田の呪縛《じゅばく》から逃れる手立てはないものか……」

心底案じているようだった。

話しているうちに、十四郎はこの若い藩主が気の毒に思えてきた。

徳川家に繋がる由緒ある大名家の次男だった幸忠が、楽翁に説得されて秋山藩に入ったのはいいとして、重い荷を背負わされ、ついには命まで狙われている。

幸忠は愚鈍《ぐどん》ではない。まだ若いが思慮深く、これまでの改革を見てきても、町民百姓に寄り添った改革をしようとしていることは明白だ。

――国の礎《いしずえ》は百姓だ――

楽翁の意志を元に、幸忠は藩主として振る舞ってきたのである。

――ただ、この国の状況を把握して報告する……。

自分の任務は、そんな生易しいものではなく、やはりこの目の前の藩主に手を貸すことだと、十四郎は思った。

「殿……」

十四郎は、手をついて伝えた。

「殿が病などではないと分かったからには、頃合いを見て、一気呵成《いっきかせい》に戸田一派を排除なさるがよろしかろうと存じます。神代様もそのお考えのようでございます」

「塙とやら、そなたも力になってくれるのじゃな。そうじゃな」

幸忠は十四郎の目を捉えて言った。

「御意《ぎょい》」

十四郎は、きっぱりと言った。


十四郎と平蔵が本丸御殿を出てきた時は、八ツ（午後二時）を過ぎていた。

幸忠に面会したのち、十四郎は玄斎とも話をした。

戸田配下の警護の状態、また戸田家老が見舞いと称して定期的に幸忠の元を訪れる日と時刻、そのほか幸忠の日常に関わる人たちの動きも詳細に聞き、それから退出してきたからだ。

さらに二人は、その足で神代縫之助の屋敷に赴《おもむ》き、幸忠の現状を報告した。

加島屋に戻って着替えをし、二人が宿に戻ったのは夕暮れ時だった。

「あら、今日はお二人ご一緒だったのですね」

女将は愛想よく迎えたが、すぐに神妙な顔を作って、

「お客様ですよ、十兵衛さんに……お部屋に上がって待ってもらっているんですが。隅に置けないわね」

思わせぶりに言って、二階に上がる段梯子《だんばしご》に視線を流した。

十四郎と平蔵は顔を見合わせた。二人の脳裏に浮かんだのは、奈緒だった。

案の定、部屋に入ると、奈緒が端坐して待っていた。

「今朝は失礼いたしました」

奈緒は他人行儀な言い方をした。

「いや……」

十四郎は奈緒の前に座って、奈緒の顔を見た。

奈緒の顔はやつれていた。頬には翳《かげ》が差し、生気がなかった。

「いかがされたのだ……本日は城中でお父上にもお会いしたが、お父上も元気がなかった」

菊田に元気がなく、苦悩していることは聞かずとも分かっていたが、十四郎は奈緒に問いかけた。

「十兵衛様、いえ、塙十四郎様、私、父上の苦悩を見るに忍びないのです。父上が今にもどうにかなりそうで耐えられません。私、どうしたらよいのか……一度はあなた様には相談できない、そう思ったのですが、あの時、加島屋の前でおっしゃいました。父上のことを案じていると、私のこともそうだと……。あの言葉を信じてお尋ねしたく存じます。塙様は何か父上のこと、父上の苦悩をご存じで、あのような言葉を下さったのですね」

「奈緒殿……」

十四郎は困った。

加島屋の前で見つかった時も困惑したが、菊田兵庫の悩みがどこからきているのか、それは愛娘の身の上を案ずるがゆえの苦悩であることを、奈緒に話してよいものかと迷った。

奈緒は、十四郎の逡巡《しゅんじゅん》する表情を読んだのか、

「父上は、間違ったことが大嫌いな人間です。お役目柄ということもございますが、藩士の皆様や町人の人たちから、贈り物を頂戴することも一切ございません

でした。四角四面《しかくしめん》な人なんです。その父が、今悩んでいる。私はきっと、殿様と国家老様とに二分されて切迫した状態になっていることに端を発しているんじゃないかと考えています。私の推測は間違っているのでしょうか」

十四郎を、きっと見た。

「ふむ……女子《おなご》のそなたに話すべきか躊躇《ちゅうちょ》したが、そこまでご存じなら、お答えしよう。奈緒殿が感じておられる通りだと……」

「……」

奈緒は、やはり驚いた様子だった。しばらくして奈緒は言った。

「ただ父は、双方の対立を憂《うれ》えてというより、自身のことで悩んでいるように私には見えるのです」

十四郎は頷いた。

「自分が不本意な道に足を置いてしまったと……」

奈緒は、十四郎に尋ねながら、十四郎の表情を読んでいる。

「奈緒殿、そなたの心配はよく分かるが、今しばらく見守ってさしあげてはいかがか……」

「でも、父がこうなったのは、もしかして、私がかどわかされそうになったことが原因なのではありませんか。父は私を守るために、信念を変えたのでは……」

奈緒の推察は鋭かった。

十四郎は、思わず平蔵と顔を見合わせた。

「やはり……やはりそうなのですね。父は戸田家老一派に身を置いたのですね」

奈緒は動揺していた。

「私のために……戸田家老に手を貸そうとするなんて」

奈緒は涙を流した。

「奈緒殿……」

奈緒は、涙を拭うと、

「ここだけの話ですが、父上は戸田様を『獅子身中《しししんちゅう》の虫』だと怒っていたことがございます……」

「獅子身中の虫……」

十四郎は聞き返す。

「はい、戸田家は先祖代々藩主家に繋がる家柄でございます……」

ところがその地位を利用して、これまでもたびたび騒動を起こしてきた。

前藩主の側室に、自分の養女を無理やりあてがったのもその延長で、前藩主は国のこの先を思えば、ここで戸田家の横暴を断ち切らねばと考えたのだ。

それが、江戸家老を通じて楽翁に相談し、養子を迎えるという事態に発展したのだ。

前藩主は、自分の血の存続よりも国の存続、民百姓のことを考えたのだった。

奈緒の父菊田兵庫は、この前藩主の意向を、驚きをもって聞き、そして高く評価していた。

このたびの騒動の件についても、何度も菊田の屋敷には、戸田の意を忖度《そんたく》した輩が、仲間に入るよう門を叩いたが、菊田兵庫は頑《がん》として拒否していた。

一番仲のいい町奉行の梶井軍兵衛も、反戸田派結成の折には菊田を誘ってきたが、菊田はこれも拒否していた。

「わしには目付としてのお役目がある。中立公平、潔癖な目で判断しなければならぬ時が必ず来る」

奈緒にもそう言っていたのだ。

その父の目も当てられぬほどの悩みように、奈緒はじっとしていられなかったのだ。

「私は、加島屋の前で塙様の姿を拝見した時、一瞬、噂に聞いたことのある、諸国巡見使ではないかと思ったのです。でもよくよく考えて、そうであっても、この国のことを真剣に考えて下さっている、父上のことも、私のことも……それならば、相談申し上げて、お縋りしたいと……」

奈緒は改まった顔で手をつき、十四郎をじっと見た。

「奈緒殿、私は巡見使などではないが、幸忠様とこの国を案じて参った者だ。微力だが手助けしたいと考えている」

「塙様……」

奈緒は、潤んだ目で十四郎を見詰めた。

「お父上は思慮深い方だ。考えがあってのことだと思うが、一度お会いできぬものかと考えているのだが……」

十四郎は奈緒の目を見詰め返した。

十

翌日のことだった。

十四郎と平蔵は羽織袴の侍姿で、梶井軍兵衛と一緒に菊田兵庫の屋敷に向かった。

昨日の話の中で、菊田兵庫の在宅を狙って訪ねることになったのだ。

むろん奈緒の願いがあっての訪問で、兵庫が何時なら在宅しているのか、奈緒の手引きによるものだった。

「お待ちしていました」

門前で待っていたのは、奈緒と女中の二人だった。

兵庫にはまだ客が来ることは知らせてないのだと奈緒は言い、兵庫のいる座敷に案内した。

「父上、お客様でございます」

奈緒は、文机で何やら書きつけていた父親に、廊下に膝をついて告げた。

「客……誰だ？」

兵庫の不審な表情が奈緒を見たその時、

「ややあ、どうしているのか心配になって押しかけてきたんだ。ハッハ」

梶井軍兵衛が部屋にずかずかと入った。

「誰かと思ったら、おぬしか」

兵庫はぞんざいに言い苦笑したが、まんざらでもない顔である。

奈緒は少しほっとして退出していった。

「俺だけではないぞ。今日は珍客を連れて参った」

梶井軍兵衛が振り向くのを待って、十四郎と平蔵は部屋の中に入った。

「おぬしたちは……！」

驚いたのは兵庫だった。

「昨日も城中で会ったそうじゃないか」

横から軍兵衛が言う。

「いったい何だ、何用あって人の屋敷に勝手に入ってくる。帰ってくれ」

文机《ふづくえ》へ向かおうとするのを、

「まあ、そう言うな。皆、お前さんのことを案じている者ばかりだ。むろん、一番心を痛めて、お前さんを見守っているのは奈緒殿だがな」

軍兵衛は遠慮なく言ってやる。

「何、奈緒だと……」

「そうだ。昨日奈緒殿は、こちらの塙十四郎殿に相談に出向いておる。父上が心配だと申してな……」

「奈緒の奴め……」

兵庫は苦々しい顔で言った。

「怒ることはなかろう。父一人娘一人の暮らしじゃないか。父が苦悩しているのを娘として見ていられなかったんだ。お前はそんなことも分からぬのか」

「……」

「いや、分からぬ訳はない。堅物《かたぶつ》のお前が、誰がどんなことを申しても持論を貫くお前が、たったひとつ、己の持論や志を捨ててでも守りたいものがある。それが奈緒殿だからな」

「ふん……」

兵庫は鼻を鳴らしたが、軍兵衛にずばり言い当てられての強がりの鼻鳴らしだった。

軍兵衛は構わずに話を続ける。

「兵庫、俺とお前との仲じゃないか。奈緒殿も案じているところだ。どうだ、いま抱えている苦悩を話してはもらえぬか」

「お前に話すことは何もない」

兵庫は言った。

「そうかな……俺にはそうは思えぬな」

梶井軍兵衛はずかずかと兵庫の心の中に入っていく。

「兵庫、お前も知っての通り、この二人は、楽翁様が殿を案じられて寄越してくれた人だ。信頼に足る人物だ」

「……………」

兵庫は、くるりと膝を文机の方に戻すと、書いていた巻紙を無造作に重ね、十四郎たちの視線から外すように、文机のむこう側に置いた。

その顔は頑《かたく》なで、早く帰れと言わんばかりだ。

「分かった、お前が自分で言えぬのなら、俺が言ってやろう」

梶井軍兵衛はそう言って兵庫の顔を睨むと、

「おぬし、お真佐の方の屋敷で戸田に強要されて血判を押したな」

「……………」

兵庫は目を見開いて軍兵衛を睨んだ。

「こちらの平蔵殿が実見《じつけん》しておる。お前はそれで悩んでいるのだ」

「軍兵衛」

「殿もお前の悩みはご存じだ」

「何……」

兵庫は色を失った。次の瞬間、床にある刀置きから小刀を摑み取り、抜き放つと腹に突き立てようとした。

だが、十四郎の素早い動きで、その腕は押さえられて小刀は取り上げられた。

「馬鹿なことをするな」

軍兵衛は哀しげな声で言った。

「菊田様……」

十四郎は兵庫に、苦渋の顔で声を掛けた。

「殿に報告したのは私だ。その時、殿はなんと仰《おお》せであったか、お聞かせしよう……」

「………」

「殿は、脅迫されて血判を押した菊田様の話を聞くと、まずこう申された。あの忠義者の菊田がな……今日は随分と顔色が悪かったが、そういう事情だったのかと……」

十四郎は菊田兵庫の顔色を確かめながら話を継ぐ。

「殿は、まず菊田様への同情を口にされたのだ。私が、本心で血判を押したのではないのですから、いざという時には戸田家老の言いなりになることはないと存じます。そう伝えた時には、殿はこうも申された。先代の頃より長年勤めてくれている者だ。わしも頼りにしておる、戸田の呪縛《じゅばく》から逃れる手立てはないものかと……かえって菊田様を案じられたのだ。決してそなたを怨《うら》み、怒る言葉は発せられなかった……」

「殿が……」

菊田兵庫は、両手をついて咽《むせ》び泣く。

すると、縁側で啜り泣く声がした。

奈緒がお茶を運んできて、父の涙にもらい泣きしているのだった。

梶井軍兵衛は菊田兵庫に、静かに語り掛けた。

「戸田は殿のお命を狙っている。それはそなたも存じておろう。戸田は養女のお真佐の方の腹から生まれた松之助様を次期藩主にと考えているのだ。だが、松之助様は先代様のお子ではないと言う者もいるのは知っているな。戸田家老の倅《せがれ》に違いないという噂は当初からあったのだ。だから先代も楽翁様にお願いして幸忠様を迎えられた」

菊田兵庫は耳を傾けながら、何度も頷いている。

「兵庫、時間がないのだ。幸いに楽翁様の使いが滞在して下さっているこの時に、戸田との決着をつけたい。何、楽翁様が決して悪いようにはなさるまい。どうだ、手を貸してくれぬか」

梶井軍兵衛は、熱のこもった決死の声で言う。

菊田兵庫の顔に、次第に決意の色が漲るのを十四郎は見た。

菊田兵庫は涙を拭うと、体を起こした。そして、研ぎ澄まされた目で軍兵衛を見た。


「殿の容態は、一刻を争う」

玄斎が発した急を要する伝言が、戸田家老の配下の者から『幸忠危篤《きとく》』と戸田家老に伝えられたのは、三日後の朝のことだった。

戸田家老は、急いでお真佐の方と子息松之助を連れ、一派の主だった者の中から、年寄の灘次右衛門と荻原兵太夫、勘定奉行の児玉金兵衛を同道し、幸忠が臥す寝所に向かった。

当然ながら、戸田は反対派には誰にも声を掛けてはいなかった。

反対派が来る前に、幸忠の寝所に入り、後継を松之助に指名したように装わなければならなかったのだ。

　ところが、それより先に、十四郎と平蔵、そして目付の菊田兵庫、町奉行の梶井軍兵衛が、幸忠の寝所の隣室に、股立《ももだち》を取り、襷《たすき》をして潜んでいた。

　四人は、昨夜のうちに奥の広敷に上がり、そこから奥の老女滝井の先導で、幸忠が臥す寝所の隣室に入っていた。

　奥の広敷《ひろしき》に上がり、滝井に事の次第を話して承諾してもらったのは、常々広敷に顔を出し、奥の女たちに呉服や小間物《こまもの》を提供している加島屋の番頭利助だった。

　本丸の表から幸忠の寝所に向かう廊下は、戸田の一派で塞がれている。四人が表から入るのは到底無理だ。

　そこで加島屋に手伝わせ、老女滝井の同意を取り付け、万端整えて戸田一派を今日誘い込むまで、三日の時間を要したのであった。頃は間もなく如月《きさらぎ》に入る。だが、この地方の冬はまだ居座っていて、昨日からちらちらと雪が舞い降りていた。

　戸田家老たちが寝所に入ると、用人の宇佐庄左衛門が奥医師玄斎の傍で、さめざめと涙を流していた。

　戸田家老は少し驚いた様子だったが、用人の宇佐がいることが、かえって好都合と見たようだ。

「宇佐殿も参っておったのか」

家老然として言った。

「はい。今、玄斎先生から話を聞いていたところです」

すると戸田は、玄斎に向かって聞いた。

「御容態はいかがか……」

「はい、お聞きしたいことがございましたら、今のうちに……」

玄斎も哀しげに言う。

「うむ……」

戸田家老は満足げな表情で、

「玄斎殿、よくやってくれたな。きっと悪いようにはせぬ」

玄斎の耳元に囁《ささや》くように告げると、神妙な顔をして、皆を連れて幸忠が臥せる簾の中に入った。

「殿、お気を確かに……」

戸田がそう言えば、皆口を揃えて、

「殿、しっかりなさいませ」

などとしらじらしい声を掛ける。

するると、幸忠の左手が、少し上がった。

「殿、なんなりとおっしゃって下さいませ」

「うう……ううう」

幸忠は青い顔で、息も切れ切れに何かを言ったが、その言葉が判別できるはずもない。

幸忠一世一代の大芝居、隣室で控えている十四郎たちが目《ま》の当たりにすれば、腹を抱えて笑いそうなほどの上出来な動きだ。

騙されているとも知らない戸田家老は、悲壮な顔を作って幸忠の口元に、自身の耳をくっつけるようにして頷くと、体を起こして胸を張り、連れてきた連中にこう言った。

「ただいま殿は、遺言をされた。次期藩主は、松之助にと……」

「おう……」

小さい声だが、感動の声が響いた。

その時だった。

隣室の戸が開くと同時に、十四郎たちが走り込んだ。

「何者！」

戸田家老が叫んだ時には、十四郎は戸田の喉元に刃を突きつけていた。

「人面獣心《じんめんじゅうしん》とは、そなたのことだな。姦計《かんけい》もそれまでだ！」

十四郎は言った。

「な、なにをする」

戸田家老は、自分と同じように喉元に刃を突きつけられている配下の者を眺め、

「菊田、お前までも……」

憎々しく言い放ったその視線の先には、菊田兵庫がお真佐の方の喉元に刃を当てていた。

するとそこに、年寄の神代縫之助が入ってきて言った。

「戸田様、これまでですぞ。本来ならこの場で成敗と言いたいところだが、楽翁様からの御裁可を待って処断致す」

すると、町奉行の梶井軍兵衛も負けじと言い放つ。

「その身はしばらくは座敷牢にてお預かりいたす」

「ええい、ふざけたことを……神代、梶井、お前たちは何をしているのか分かっているのか。そこにおられる松之助様は次期藩主、ただいま殿からご遺言を頂いておるのだぞ」

戸田は叫んだ。

「黙れ！」

その時、満を持して張りのある声を発して褥から飛び起きたのは幸忠だった。

「と、殿……」

お真佐の方が仰天の声を上げる。

「わしは、そのような遺言をした覚えはない。第一、この通り、ぴんぴんしておる。梶井、その者たちに縄を掛けろ！」

戸田は愕然《がくぜん》として膝をついた。

十一

十四郎は身づくろいをすると、窓辺に寄って障子戸を開けた。

「……」

雪はまた降り始めたようだ。

積もりはしないが、降っては止み、降っては止みの繰り返しだ。

降るのはいいが、これからこの地を離れようとする者には、いたって足元が悪い。

秋山藩の事件は、戸田一派は今は座敷牢や町奉行所の牢屋に分散して押し込められていて、江戸からの御裁可を待っている状態だ。

この度の次第は、まず幸忠が老中と楽翁に、そして神代は江戸家老の水野義明に、また十四郎も楽翁にというふうに、それぞれの立場で全てぬかりなく書き留めて、それぞれの元に書状を送るべく、幸忠の使者と平蔵が馬を走らせて江戸に向かった。

先日の戸田一派の野望を阻止した時より、十四郎も平蔵も町人の形《なり》を止め、侍の恰好で宿に滞在している。

一番驚いたのは宿の女将で、

「ほんにもう、心の臓がびっくりしています。でもでも、商人のお姿も、お侍さんの姿も、お二人ともとてもお似合いです」

などとお世辞を言って笑っていたが、相当驚いた様子だった。

——やれることはやった……。

百姓をダシにして、不正の金を懐に入れていた若松屋も、まもなく家財没収、命も取られるに違いない。

一件落着だが、全ての処置が終了したと聞くまでは、心も落ち着かぬに違いない。

ともあれ江戸に戻ろうと思った途端に、十四郎の脳裏には、お登勢の姿が浮かんだままで消えることはない。

雪が落ち着くのを待っていられないのであった。

――さて……。

十四郎は、戸を閉めようとして、はっと気づいた。

宿の通りを行ったり来たりしている朱色の傘が目に留まった。

最初は通りすがりの者だと思っていたが、

――奈緒殿か……。

十四郎は両刀を摑んで階下に降りた。

「女将、世話になったな」

礼を言って外に出た。

朱色の傘は、宿に背を向けてむこうに歩いていく。その後ろ姿は、間違いなく奈緒だった。

十四郎は、声を掛けようかどうか躊躇《ためら》った。

別れは告げたいが、十四郎は奈緒の十四郎に寄せる思慕を知っている。

だがその時、くるりとこちらを向いた奈緒が、

「塙様……」

柔らかい笑みと声を送ってきた。だがその笑みは、すぐに寂しげな表情に覆われていく。

「奈緒殿……」

ゆっくりと近づく十四郎の元に、奈緒は雪の中を転げるように走ってきた。

案の定、十四郎の目の前で足がもつれて、十四郎の方に倒れそうになった。

「危ない！」

十四郎は奈緒を抱き留めた。その掌に伝わってきた奈緒の体は冷たかった。

「やはりお帰りになるのですね。私、もしやと思ってお待ちしていたのです」

奈緒は哀しげな目で言った。

微かな白梅の香りが十四郎の鼻をくすぐった。奈緒の香りは、お登勢のそれと酷似していると思った。

十四郎がふとそう感じた時、奈緒の顔が目の前にあった。

十四郎を見詰める奈緒の目は濡れていた。黒々とした深い色を湛《たた》えた目で、十

四郎の心を見詰めている。

「十四郎様……」

奈緒は、十四郎の名を呼んだ。

十四郎は、摑んでいた奈緒の肩から手を離した。

「あっ……」

奈緒が小さな悲鳴を上げた。

十四郎は傘を拾い上げると、奈緒に差し掛けて告げた。

「名残《なごり》惜しいが、帰らねばなりませぬ。世話になった」

「……」

奈緒は口を堅く結んで十四郎を見詰めた。その双眸《そうぼう》から、熱い涙が零《こぼ》れ落ちる。

「奈緒殿の、この先の幸せを祈っている。お父上にもよろしく伝えていただきたい」

十四郎は正直動揺していた。思いつく言葉を並べて、奈緒の手に傘を握らせ、立ち去ろうとしたその時、

「お待ち下さい」

奈緒が引き留めた。

そして袂《たもと》から掌ほどの絹織物の小袋を取り出した。色は濃い紫で縮緬《ちりめん》地のように見える。

「これは私が糸を紡《つむ》いで、染めて、縫ったものです」

奈緒は、涙を拭って言った。

「奈緒殿が……」

驚いて聞き返すと、

「はい。この越後は、麻の糸で織った越後上布《じょうふ》とか小千谷縮《おぢやちぢみ》などが有名ですが、絹の織り物が藩の暮らしを助けてくれるのではないかと、数人の友と試行錯誤をしております。記念に、越後にいらした記念に貰《もら》っていただけないでしょうか」

白い手に載せて十四郎に差し出した。

「ほう、美しい。いいのかな」

十四郎は微笑んで言い、手に取ってまじまじと見た。

小物など入れるのには重宝な小袋だった。目を細めて袋をひっくりかえすと、袋の裾《すそ》の端っこに一寸ほどの茶色の枝が伸び、それに白梅が一輪刺繍《ししゅう》されているのを見つけた。白梅は紫を背景にして輝いているように見える。

「十四郎様がこの間、お立ち寄り下さった時に床に活けてあった寒梅を模したものです。お恥ずかしい腕前ですが……」

奈緒は恥ずかしそうに微笑んで言った。

「いやいや見事だ。遠慮なく頂戴する」

「ありがとうございます」

奈緒は頭を下げた。

「では……」

十四郎も一礼して踏み出したその時だった。

むこうから旅姿の侍が走ってきた。

「間に合った、よかった」

十四郎の元に走ってきたのは、浴恩園で楽翁の側に仕える、深井輝馬だった。

「どうしたのだ、深井さんじゃないか」

十四郎は迎えて立った。

「御隠居からだ。江戸に戻る前に、柏崎《かしわざき》に回るようにとのこと……」

深井は、懐から文を取り出して十四郎に手渡した。

「これから柏崎に回れと……」

正直、十四郎はがっかりしていた。ようやく江戸に戻れると思っていたからだ。

そんな顔色を読んだのか、

「私も同道します」

深井は言った。

「しかし、柏崎とどういう関係があるのですか」

十四郎は聞いた。

「白河藩の飛び地があるのです。むこうには陣屋がありまして、およそ八万石もの領地の管理を行っている」

「八万石の……」

十四郎は驚いていた。

「豊かな土地ですが、何か問題が起きたようです。仔細《しさい》はその文に……」

「分かった。道中、深井殿にも話をお聞きしたい」

十四郎は、文を懐に納めると、振り返って奈緒を見た。

奈緒は深々と頭を下げた。

第二話　海なり

一

塙十四郎と深井輝馬が、北国《ほっこく》街道鯨波《くじらなみ》宿に入ったのは、秋山藩を出てから四日目の昼の九ツ（正午）だった。

柏崎まであと少し、昼食を宿場の蕎麦《そば》屋でとっていると、武士が二人入ってきて、

「塙様と深井様でございますか」

丁重な物腰で聞いてきた。

武士二人は、柏崎陣屋から迎えに遣わされた役人だったのだ。

「私は勘定人の伊原太一郎《いはらたいちろう》でございます。そしてこちらは郷手代《ごうてだい》の田中運八郎《たなかうんぱちろう》」

伊原はそう言って名乗り、この先は白河藩の陣屋まで案内してくれるというのであった。

「勘定頭《がしら》の岩崎《いわさき》様も、楽翁様からお知らせを頂き、首を長くしてお二人をお待ちしています。私たち二人は、お二方が陣屋に滞在の間、お世話係となっておりますので、なんなりとお申し付け下さいませ」

などと言う。思いがけない出迎えに驚いていると、

「我ら陣屋に勤める役人たちは、本藩の皆様や、お偉方にお会いすることなどまずございません。まして楽翁様など、深い崇拝の念を抱いておりますが、雲の上のお方でございます。その楽翁様の御命を受けておいでになる方は、どのような方なのかと皆興味津々《しんしん》で……」

恥ずかしそうに伊原太一郎は笑った。

好ましい男だった。おそらく年齢は十四郎と変わりないかと思えたが、筋骨は逞しく肌は陽に焼けていた。

もう一人の郷手代の田中運八郎という男は、十四郎よりずいぶんと若く二十歳前後かと思えた。太っていて体にしまりはなかったが、目が細く笑っていて、しかも団子鼻で、愛嬌のある人の好さそうな男だった。

昼食を済ませて四人は柏崎宿に向かったが、その間に伊原太一郎と田中運八郎の二人は、代わる代わる、柏崎にある大窪《おおくぼ》陣屋について話してくれた。

「今の陣屋は、八十年近く前に建てられまして、楽翁様が御老中だった頃に大修理を行いました。それから三十年ほど経っておりまして、老朽化しているところもあります。ですがまあ、東西百間《けん》、南北九十間、総坪数九千坪ございますから、われわれごときには十分です。大変住みやすいところでございます」

田中運八郎がまずそう言うと、それを受けて伊原太一郎が、

「陣屋内での職務ですが、郡代《ぐんだい》は常には陣屋にはおりません。通常陣屋を差配しているのは、勘定頭でございます……」

勘定頭の下には代官《だいかん》がいて、その下には伊原のような勘定人、さらに勘定人の配下として村人と最も近いお役目の田中のような郷手代や郷使《ごうし》という役人、他にも町同心《どうしん》、中間《ちゅうげん》なども配備されているという。

郷手代までの役人は陣屋の中の長屋で、中間小者《こもの》など軽輩の使用人は陣屋の外の長屋に暮らしている。

陣屋内の長屋に住む役人は、総勢四十人余になっているが、そのうち代々この柏崎を出生地としている者もいれば、郡代、勘定頭の要職を担う者の他、勘定人

などでは白河藩から家族ともども出向して来ている者もいるのだと陣屋の陣容を説明してくれた。

「私も、白河藩からこちらにやってきた者です」

笑ってそう付け加えた。

すると、深井輝馬が言った。

「白河藩の石高は公には十一万石余となっているが、そのうちの六万余をこの地で生み出しているのですから、陣屋の皆さんの苦労は計り知れないものがあります。領内の村も二百村以上、このたびはその村々で厄介な事件が起こっていると聞いているのだが……」

「おっしゃる通りです……」

伊原太一郎は大きく溜息を吐《つ》くと、

「江戸からの来客は珍しい。われわれにとっては江戸の最新の情勢などを聞かせてもらえる貴重な客人です。ところが、深井様がおっしゃったように、このたびは村内で起こっている難事件のためにわざわざお越しいただいた訳でして……」

残念そうな顔で言った。

ただ、その厄介な難事件とはどんなものなのかまだ聞いてはいないが、二人の十四郎たちに寄せる期待がひしひしと感じられて、十四郎も深井輝馬も身が引きしまる思いだった。

柏崎の宿までは、さして時間はかからず、話しているうちに一行は鵜川《うかわ》橋の上に立っていた。

「あれが陣屋です」

伊原太一郎が高台にある陣屋を指した。

「ほう……」

思わず声が出た。

陣屋は宿場町からは仰ぎ見る場所に、威風堂々として屋根を広げていた。

鵜川橋は鵜川に架けられた橋だが、すぐに海に流れ込んでいて潮の匂いが鼻腔《びこう》をつく。

十四郎と輝馬は、伊原太一郎たちの先導で、街道沿いに建つ黒門を目指した。

鵜川橋から黒門までは少し坂道になっているのだが、黒門から陣屋がある高台への坂道は、急な坂となっている。

地理上は海側が北、坂の上の方角が南、つまり陣屋は高台から海を眺め下ろすように建っているのだった。

十四郎は陣屋というものを見るのは初めてだった。十四郎の家は代々定府《じょうふ》だったから、陣屋勤めがどのようなものなのか、興味を抱きながら坂を上り始めたその時、

「伊原様、伊原様！」

町場の女が走って近づいてきた。

「おう、おとめじゃないか」

伊原は、振り返って言った。

「うちの旦那を見ませんでしたか」

よく見ると、おとめの目は怒りに彩られている。

色白のぽっちゃりした女で、鼻は低いが目はぱっちりしていて、根はおとなしそうな感じである。

「いや、見てないが、どうしたのだ」

伊原は悠長《ゆうちょう》な顔で聞く。

「どうもこうもありませんよ、行方知れずです。近頃あの人、おかしいんです」

「おかしい……多助《たすけ》のどこが、どうおかしいんだ」

「仕事が少なくなって気持ちが荒れてるんです。昨年、旦那の長屋の玄関口を直

しにいった頃はよかったんだけど、近頃はさっぱり仕事がなくて、昼間からお酒飲んで管《くだ》巻いてる日が多くって」

「そうか、仕事がないゆえのヤケ酒か……気の毒だが、ヤケはいかん。酒ばかり飲んでたら駄目だろう」

その言葉で、我が意を得たりとばかりにおとめは泣き出しそうな顔で訴えた。

「もう、あたし、あんな人とは思わなかったんですよ。伊原様、あの人見たら、意見してやって下さいな」

「分かった、言うだけは言ってみるから、今日のところは、な……」

伊原太一郎はおとめを慰めて家に帰すと、

「よほど腹を立てているようだな、多助はまじめな大工なんだが……」

呟《つぶや》くように言い、十四郎の顔をちらと見て苦笑した。

「待っておりましたぞ、こちらへ」

勘定頭岩崎弥助《やすけ》は、役所内の勘定頭の部屋で、待ちかねていたように十四郎と輝馬を迎えた。

部屋には同席者がいて、一人は勘定奉行の岡谷真次郎《おかやしんじろう》、もう一人は代官の市田《いちだ》金之助《きんのすけ》と紹介された。

岩崎は四角い顔の男で、陣屋の差配すべての責任が肩にかかっているためか、いかにも硬骨漢という感じのする人だった。

勘定奉行の岡谷真次郎は頬の薄い男で、感情の乏《とぼ》しい人物に見えた。

そして市田金之助は、なすびのように顔が長いが、優しげな目をした男だった。

「江戸からの報せによれば、塙殿は江戸でも知れた剣の遣い手、道場主でもあり、また駆け込み寺慶光寺のお役も担っているとあり、深井殿は楽翁様のお側に仕える方とあります。そんなお二方が力を貸して下さるとは、これほど心強いことはない。よしなに頼みましたぞ」

勘定頭の岩崎がそう言うと、

「早速、このたびの領内で起きている事件についてお話ししましょう」

代官の市田金之助が、ひと膝、十四郎たちの方に向けた。

「伺いましょう」

十四郎と輝馬が畏《かしこ》まると、

「ご存じの通り、わが藩の実質高は大雑把に申すと、陸奥《むつ》国の白河他三郡で、六万石弱、上総《かずさ》国に一万石、安房《あわ》国に二万二千石、そしてこの越後には実質七万六千石余の収穫がございます。白河藩ではこの柏崎が石高では一番、この地は藩にとって大切な穀倉《こくそう》地帯なのです。この越後の領地にある村は、およそ二百二十村。陣屋の勘定人以下の人数では、なかなか目が届きにくいのです。ところが、それを見越してのことか、近頃わが領内の村々の百姓家に入って金品を盗む輩がいるのだ」

苦々しい顔で十四郎と輝馬を見た。

すると今度は、勘定奉行の岡谷真次郎が後を続けた。

「侵入するのはおもに昼間で、家人が野良《のら》に出ている時間を狙っている。中には被害に気づくのが数日経ってからという者もおり、村々では見回り隊も作っているのだが、埒《らち》があかぬ……」

それで一月《ひとつき》前から、勘定人や郷手代、それに中間たちも組を作って順番に村の巡視に出ているのだという。が、十日ほど前に見回り組一行は襲われて、勘定人一人と中間二人が殺され、郷手代一人は重傷で未だに臥せっていて、回復の目処は立っていない。

噂が噂を呼んで、百姓たちは怖がっていて、村を見回る役人たちも腰が引けている。

「一刻も早く、やつらの正体を突き止めて、この領内を安全なものにしなければ、これからかかる米作りにも支障が出る。思案に暮れていたところ、塙殿を紹介され、われら一同是非にもと、皆で首を長くしてお待ちしていたのだ」

代官の市田金之助が言った。

「ふむ……」

じっと聞いていた十四郎は、

「まずは領内の地図にて、賊の出没した場所を教えていただきたい」

そう申し出た。

すぐに代官が隣室から領内の地図を持ってきて開いて置いた。

地図上に、盗賊に入られた箇所が、朱で印がされている。

「……」

十四郎も輝馬も、じっと眺めた。

被害は二百二十村ある領地の広範囲にわたっている。

「塙殿、これじゃあ隠れ屋を突き止めるのは難しいですな」

輝馬の言葉に十四郎は頷いた。頷きながら地図に視線を走らせている。ただ、賊が入ったとされる村は一か所に集中しているわけではなく、何かひとつ共通するものがあるという訳ではなさそうだった。また、ある郡に限ってということでもなかった。

無差別に、行き当たりばったりに侵入する村や家を選んでいるようにも思える。

「陣屋の役人に住処《すみか》を覚《さと》られないように、わざと広範囲に移動している。そういうことではないかな」

輝馬は言った。

実は十四郎もその考えに近かった。

――賊は、移動したところを、その日の住処としている。

いわゆる無宿人《むしゅくにん》か、あるいは追われてここに逃げてきた犯罪人か、そういう輩かもしれない。

「重傷を負った郷手代の人に話を聞くことはできますか」

十四郎が聞いた。

「それが、体に受けた傷は治ってきているのですが、記憶がどうもおぼつかない……」

市田金之助は、首を横に振る。

「とにかく一度会ってもらったらどうだ」

勘定頭の岩崎は配下の二人にそう言うと、

「なんでも遠慮なく皆に申しつけて下され。それと、塙殿、時間の許す限り、この陣屋の役人どもに稽古をつけていただけまいか」

思いがけない申し出だった。

「剣術ですか……」

正直、そんな余裕があるだろうかと咄嗟に思ったが、

「こたび不覚をとったのも、剣が遣えないからだ。柔術もできぬ。この先のことを考えれば、せめて基本のきを、身につけてもらわなければ、また何か事件が起こった時には手の出しようもないのじゃ。そなたが承諾してくれるのなら、この陣屋の者たち全員に道場に一度は行くように命じるつもりだ」

岩崎は引き下がりそうもない。

「岩崎様、この陣屋の中に道場があるのですか」

十四郎は聞いた。

「ある。このお役所の左手に柔術居合の稽古所がある」

「分かりました。私一人では心許《こころもと》ない。こちらの深井輝馬殿も剣の遣い手、こちらに滞在する間だけですが、やってみましょう」

「よし、これで決まった。岡谷、市田、今宵はこのお役所で皆の者と歓迎の宴を

開くよう、分かっているな」

岩崎の言葉に、二人は大きく頷いて、

「すでに料理はできております。お頭様も是非……」

市田は嬉々《きき》として言った。

十四郎と輝馬は、顔を見合わせた。

難事件発生ということで立ち寄ったのだ。まだ話を聞いただけで決着もついていない、到着したばかりで一歩も踏み出していないのに、馳走になってよいものか、少しのんびりし過ぎではないのかと……。

だが、十四郎たちの戸惑いをよそに、

「これからお二人に使っていただく長屋にご案内します。風呂も沸かしておりますので、まずは旅の疲れを落として下され」

岡谷は言い、部屋の外で待機していた伊原太一郎と田中運八郎を呼び、

「道場を見ていただいて、それから長屋にお連れするように……」

懇《ねんご》ろに案内するよう申しつけた。

二

役所の建物を出ると、伊原は柔術居合の稽古所になっている建物に案内してくれた。

「ほう……」

十四郎は目を細めた。優に二十畳はあると思われる道場だった。

足で床を、ぐっぐっと強く踏み込んでみると、揺るぎ一つない。使っているのは檜《ひのき》だった。硬質で艶も出て、贅沢な床だった。

ただ、常に使っている気配はなく、竹刀《しない》も見えない。ところどころ壁の隅っこには蜘蛛《くも》の巣が張っている。

「伊原殿、一度清掃をした方がいい。それと、竹刀の用意をしてほしい。木刀でもよいのだが、道場がこのようでは常に剣術の稽古をしているとは思えぬ。木刀では怪我をするもとだ」

十四郎が注文を出すと、伊原は田中に目で合図する。

「お二人の長屋はこちらです」

次に伊原は、二人が暮らす臨時の長屋に案内した。

ここの陣屋は、お役所と呼ばれている政務をする大きな建物の周りを、長屋が取り巻くように配置されている。

長屋は二階建てで、ざっと眺めたところ、下級武士と言われている勘定人の長屋とはいえ、江戸の上屋敷なら中堅の地位にある人でなければ住めないだろうと思われるぐらいの立派なものだった。

十四郎たちが案内された長屋は、炭蔵の近くで、井戸もすぐ近くにあった。

間口は九尺《しやく》（約二・七メートル）だったが、中に入ると、まず板の間があり、その奥に向かって畳の部屋二部屋が続き、また茶の間と台所も見え、台所の近くには風呂場もあるようだった。

段梯子《だんばしご》も見えているから、二階に上がれば、そこにも部屋があるのだろう。

「ここの風呂は炭で沸かします。今日は中間小者たちの手で沸かしておりますので、疲れをとってください」

などと説明する。

「薪でなく、炭で風呂をたてるなど、贅沢な話だな」

十四郎が笑って言うと、

「薪では火災の心配があるのです。普段は皆、町の風呂屋に行っておりますので」

田中運八郎は、にこにこして言った。

長屋には二組の布団が用意され、鍋釜、茶碗なども二人分置いてある。

「足りないものがあれば、遠慮なくおっしゃって下さい」

伊原はそう言っていったんは引き揚げたが、七ツ半(午後五時)ごろにまた迎えに来た。十四郎と輝馬は、勘定頭の岩崎以下陣屋の役人たちから歓迎の意をもって迎えられたが、

「これは……」

十四郎たちは、並べられた料理を見て驚いた。

まず平目《ひらめ》の刺身が大鉢に盛られ、小平目は焼きびたしにして別の鉢に。それに平目の切り身と蒟蒻《こんにやく》や蕗《ふき》の煮付け、大平皿には真鱈《まだら》のあんかけ、大皿に酢蛸《すだこ》、大根の葉のおひたしなどなど食べきれないほどの料理が並んでいるのだった。

「ここは海がすぐ目の前です。ふんだんに魚はありますぞ。調理は中間や陣屋内の女房たちが寄り集まってするのです。存分に食べてもらいたい。なにしろ明日からは大変な事件探索を主導してもらわねばなりませんから」

代官の市田金之助が立ち上がってそう言うと、乾杯になり、大宴会が始まったのだ。

料理は美味い。江戸では正月だって味わえないほどの贅沢《ぜいたく》な料理だ。

箸をつけながら、まだ仕事もしていないのにと冷や汗をかく思いにとらわれながらも、美味しいものの誘惑には勝てず箸を使っていると、勘定奉行の岡谷真次郎がやってきて、十四郎の盃に酒を注ぎ、輝馬の盃にも酒を注いだ。

「遠慮なくやってくだされ。この地では、千客万来の気風がありますからな。それに役所の人間は外に出て町で会食することは禁じられておるのです。ですから、なにかにつけて、陣屋内ではこうして宴を張るのですよ。お二方には明日から難しい事件に当たっていただかなくてはなりませんからね」

わっはっはっ、と岡谷は笑った。

「ところで……」

輝馬が盃を置いて言った。

「こちらの百姓の暮らし向きは良いのですか」

「百姓ですか？」

岡谷は、いきなり百姓のことを聞かれて、鳩が豆鉄砲をくらったような顔をした。

「いやいや、ご馳走になってこんな話を持ち出すのは申し訳ないのですが、ご存じの通り、楽翁様は、国が健全で存続できるのは、百姓あってのことだとおっしゃっておられます。われら役人が、これほどの贅沢をしているのが分かったら、百姓たちはどう思うのかと……」

輝馬は案じ顔で言った。

岡谷は、大きく頷いた。

「ごもっともの言葉でござるが、案じられることはござらん。われわれは常日頃は倹約に倹約と質素に暮らしておる。そのことは町の者たちも百姓たちもよく存じておる。何か機会がある時だけ、こうして気持ちを晴らしているのだ」

にやりと笑って岡谷は言う。

すると、十四郎や輝馬たちと膳を並べていた一人の役人が、盃を手に近づいてきた。

「深井殿、ご懸念はごもっとも。われらは楽翁様のご信条は肝《きも》に銘じておるのですぞ」

はやくも酩酊《めいてい》の気配で、十四郎と輝馬の前にどかりと座った。

「かつて起こった天明《てんめい》の大飢饉《ききん》に、東北はじめ各地では大変な被害を被《こうむ》った。弘前《ひろさき》などは餓死者十数万人だし、人肉を食らう者も出たと聞いております。ですが、その時わが藩主であられた定信様は、いち早く近隣から米を買い付けるなどして百姓町人を救ったのです。餓死者を一人も出さなかった。われらはですな、白河や江戸とは離れたこの地で頑張っておるのですが、この陣屋にいる役人全員、楽翁様の心を胸に刻んで励んでおります。百姓を大事にして、年貢の取り立てにしたって毎年慎重に吟味《ぎんみ》して百姓たちに過度の負担がかからぬよう心して決めております。時には無理を押してくる本藩と喧嘩腰で百姓に代わってもの申すことだってあるのです。ですから、どうぞご安心を……」

輝馬の盃に酒を注ぎ、

「ましてお二方には、この柏崎の領民を恐怖に陥れている悪党退治に力を貸していただくのです。これぐらいのもてなし、足りないぐらいですぞ。はっはっ」

赤い顔で笑った。

――それにしても、やはりこの藩は豊かだ……。

十四郎は、二人の話に耳を傾けながら思った。

父親がいた築山《つきやま》藩の財政は厳しく、百姓たちも苦労を重ねていたことを思い出していた。

「どうだ、小八郎《こはちろう》の具合は……」

翌朝、十四郎と輝馬を連れ、勘定人の伊原太一郎は賊に大怪我をさせられて今も臥せっているという郷手代の島《しま》小八郎の家を見舞った。

玄関に出てきたのは、小八郎の母親の富《とみ》だった。

富はやつれた顔で、乱れた髪を撫《な》でつけながら言った。

「傷は癒《い》えたとお医者様もおっしゃったのですが、どうやら気を病《や》んでしまったようで……」

富は、うつろな視線を奥に向けた。

奥の座敷には布団が敷いてあって、その上で半身を起こして小八郎があやとりをしている。

無心に糸をあやつり、時々、ふふっと笑ったりしているのが、玄関に立った十四郎たちの目にもはっきりと見える。

「おふくろさん、この方たちは、こたび江戸からわざわざここに参られた方で、塙十四郎様と深井輝馬様とおっしゃる。小八郎たちを襲った賊を捕まえるべく参られたのだ」

伊原が説明すると、

「お願いいたします。倅をあんなにした悪党を捕まえて死罪にして下さいませ」

富は、頭を床につけて言った。

「おふくろさん……」

伊原は労《いたわ》る声で富に声を掛ける。

顔を上げた富の目には涙が滲《にじ》んでいた。

「大切な一人息子がこんなことになってしまって、母親として何もできずに、ただただ泣けて泣けて、もうどうしてよいのか分かりません」

富は涙を袖で拭った。そして小さな声で十四郎と輝馬に訴えた。

「伊原様はご存じですが、私の亭主も郷手代でございました。先祖はこの柏崎の土地の者で陣屋に仕官できたのですが、ずっと郷手代でした。当たり前のこととはいえ、七石ほどのお手当では親子三人の暮らしも大変でございます。私も内職をして、この子を育てて参りましたが、夫は倅に誠心誠意領民のために励んで、お前の代で一石でも増やすようにと遺言して亡くなりました。それなのに、あの子がこんなことになってしまっては、母子二人、この先どうなるものかと不安でいっぱいでございます。どうか、せめてせめて、あの子をあんな体にした悪党に縄を掛けていただきとうございます」

富は声を震わせて訴える。

「上にあがらせてもらってもよいかな。少し小八郎殿に聞きたいことがあるのだ」

十四郎が尋ねる。

「はい、どうぞ。お役には立たないと存じますが……」

富は十四郎たちを上にあげた。

「小八郎、お前にお客さんだぞ」

伊原が小八郎に告げたが、小八郎は聞こえているのかいないのか、無心に糸で遊んでいる。

十四郎は、静かに傍に座り、小八郎に尋ねた。

「小八郎殿、教えてほしいのだが、お前さんを襲った輩の人相風体《ふうてい》、年齢、言葉など、何か覚えていないかね」

「ふふっ……」

小八郎は、絡《から》まっていた糸がきれいに広がってご満悦だ。

十四郎たちの方を見向きもしない。

「見たことがある人間だったのか……それとも、初めて見る顔だったのか……」

今度は輝馬が聞いたが、何も耳に届いていないようだ。

「小八郎、お前の敵《かたき》をとって下さる方なんだ。覚えていることがあったら、話さないと……このままじゃあ、お前、この陣屋にいられるかどうか分からないんだよ」

富は泣きそうになって倅に言うが、母親の声さえも聞いていないようだ。

「すみません。何を聞いても、この通りなんです」

富は肩を落として、

「せめて女房子供でもいれば、この島家を継いでもらえるというのに、嫁さんもまだ決まってないような状態で……もう、私たちは終わりです」

嘆くことしきりである。

「おふくろさん、そんなに悲観ばかりしてちゃあ体に障る。私たちも、小八郎の行く末がなんとか成り立つように勘定頭様にもお願いするつもりだから」

伊原は言った。

十四郎たちは、後ろ髪を引かれる思いで島小八郎の長屋を出た。

伊原は、後ろを振り返って言った。

「もう以前の小八郎には戻りそうもありません。気の毒なことです」

「いや」

輝馬は首を振って否定した。

「今は殺されそうになった恐怖でおかしくなっているのだろうが、何かで好転すれば元に戻るかもしれませんよ」

「それならいいんですが、医者も匙《さじ》を投げているようですので……」

「心に傷を受けた者は、時にああいうふうになると聞いたことがあります。それは医者も知っている筈《はず》です。小八郎殿の場合は、襲われる恐怖に常にとらわれていて、そこから脱出できないでいるようです。どうやれば、その恐怖から逃れられるようになるか、その手立ては私も知らないのですが……」

三人は暗い気持ちで、今出てきた島小八郎の長屋の表を振り返った。


賊と闘って殺された勘定人の与田駒之助《よだこまのすけ》の長屋は、役所の建物の裏側にあった。

伊原が長屋の表からおとないを入れると、まもなく戸が開いて、細面の妻女が迎えてくれた。

「伊原様、いつもすみません」

妻女は伊原に言った。

窶《やつ》れてはいるが、髪の乱れのひとつもない。着物の襟の乱れもなく、慎ましい雰囲気を持った女だった。

伊原が十四郎と輝馬の紹介をすると、妻女は自身の名を美里《みさと》と名乗り、家の中に招き入れた。

「夫を殺した賊の探索をして下さるとは、ありがたく存じます。私はもう、なかば諦《あきら》めておりました」

十四郎たちにお茶を淹《い》れると、美里は仏壇の夫の位牌に手を合わせながら、胸の内にあったものを口に出した。

静かな物言いだったが、夫が殺されて以後、少しも進展した様子のない陣屋の探索に不満を持っていたようだった。

「お線香を上げさせて下さい」

十四郎と輝馬は、与田駒之助の位牌に手を合わせた。

その時だった。ふと視線を感じて、二階に上る階段の方に視線を向けると、十一、二歳の男の子が、鋭い目で十四郎を見詰めているのに気付いた。

「伜の仙太郎《せんたろう》でございます」

美里は言い、仙太郎には、

「こちらに来てご挨拶をなさい。こちらの方たちはお父上を殺した賊を捕まえに来て下さったのですよ」

手招いた。

仙太郎は、少し拗《す》ねたような表情をつくって近づき、

「駒之助の一子、十四郎と輝馬に手をついた。

正座すると、十四郎と輝馬に手をついた。

「そうか、このような立派なご子息がいたのですか」

十四郎が感心すると、

「仙太郎は陣屋内の塾では一番成績がよいのじゃ」

伊原が言う。仙太郎は伊原の伜と同年で、塾での子供たちの出来不出来は、互いの親もよく知っているということだった。

「伊原のおじさん、お伺いしたいことがございます。道場で剣術のお稽古があるそうですが、私もお願いしてもよろしいでしょうか」

仙太郎はふいに聞いてきた。

「もう噂が広まったのか。道場で稽古をつけて下さるのは、こちらの塙十四郎様、深井輝馬様だ」

伊原は十四郎たちを振り返った。

仙太郎のひたむきな視線が、まっすぐ十四郎に向けられた。

「そなたはまだ幼い。こたびの稽古は大人が相手だ。もう少し年を重ねてから始めるのがいいのではないかな」

十四郎は言った。実際、藩士の稽古は引き受けたものの、初心者の少年に指南する暇などありそうもないのだ。

「私は剣を学んで、父の敵を討ちたいのです」

仙太郎は、思い詰めた表情で十四郎に訴えた。

「仙太郎、いけません。敵を討つなどと、勘定頭様もお許しにはなりませんよ」

美里は厳しく言った。

「母上は、母上は悔しくないのですか。父上を無駄死にのままにしてよいのですか」

仙太郎は立ち上がり、

「私は父上を殺した奴を許せません！」

叫ぶと表に飛び出していった。

「お見苦しいところを、すみません」

美里は疲れた顔で謝った。

「無理もない、仙太郎殿も怒りを持っていくところがないのだ。われら勘定人がもっと早く、駒之助を殺《や》った奸賊《かんぞく》を捕まえて処罰しておれば、子供の心も少しは癒《い》えただろうに……」

「伊原様、その賊のことですが、塙様と深井様に見ていただきたい物がございます」

美里は立って、仏壇の中から布に包んだ物を持ってきて十四郎の前に置いた。

十四郎は美里の顔に頷いてから、包みを開けた。

「これは……男の着物の袖じゃないか」

十四郎は包みの中から取り出した物が、木綿の袖の一部分だと見た。

すぱっと切れていて、袖の袂の部分五寸（約一五センチ）ほどの物だが間違いなかった。

袖の柄は濃い茶色に黒くて太い縞模様が入っている。

「夫が亡くなった折に、自分の袖の中に入れていた物です。夫はここに運ばれてきた時には、まだ脈がございました。お医者様に診ていただきましたが、その日のうちに亡くなりました。ひとことも言葉を交わすことは叶いませんでしたが、この袖の一部を夫は残してくれました。何かの手がかりになればと存じまして……」

美里は十四郎の方に、袖の入った包みを寄せた。

「おおいに役に立つでしょう。しかし、この袖、お役所の方は知っているのですか」

十四郎が尋ねると、美里はまだだと言った。そのうちにと思っているうちに今日になったのだと言った。

「とんだ手抜かりです。役所の方も右往左往しておりまして、皆怖《お》じ気《け》づいて調べが思うようにはかどっていないのです」

傍から伊原が弁明した。

「分かりました。お預かりします」

十四郎は、膝元に包みを引き寄せると、

「ひとつ、お尋ねしたいのだが……」

駒之助の致命傷は何だったのかと美里に聞いた。

「失血です。大きな傷が二か所ございました。ひとつは肩口を刺されておりました。もう一つの傷は大腿《ふともも》です。こちらも大変大きな刺し傷でした」

美里は気丈に答えてくれる。

「二つとも刺し傷だったのですな」

「はい」

美里は感情を押し殺した顔で頷いた。

三

翌日から十四郎と輝馬は、伊原太一郎と田中運八郎の案内で、領内の村々を回ることにした。

まずはこれまで被害にあった村を回り、当時の状況を聞いて回った。

いずれも日中の留守の家が狙われていて、盗られた物は銭のほか、炊いた飯、古着、中には鶏を盗まれた者もいた。

姿を見た者がいないことで、ある村では村人同士が疑心暗鬼になり、摑み合いの喧嘩に発展したところもあった。

賊に荒らされる件数が増えるにつれ、村々に他所《よそ》から賊が入っているのだということがはっきりして、村人同士の諍《いさか》いはなくなったようだ。だが、おちおち家を留守にはできないと、皆愚痴をこぼした。

「家を空けるといってもこの季節は野良仕事が一日中ある訳ではない。だが、これが春になって畑や田んぼに出ることが多くなると、被害はもっと増えるのではないか、それが恐ろしいんだ」

村人の一人はそう言った。

どこを回っても手がかりらしい物はなかったが、郷手代の島小八郎と勘定人の与田駒之助が賊と出くわしたという村に入ると、すぐに数人の百姓に十四郎たちは囲まれた。

皆、亡くなった与田駒之助を慕っていた者たちだった。

「与田様は、おらたち百姓の味方だった。念入りに米の出来高を調べてくださって、年貢で暮らしが苦しめられないように心配りをして下さったんだ」

初老の男が声を震わせる。

そしてもう一人の若い百姓がこう言った。

「お世話になっている与田様が闘っている時に、おらも飛び出していくべきだったんだ。だが、あまりの恐ろしさに腰が抜けちまって……」

「待て。するとお前は、与田さんたちが賊と闘っているのを見ていたのか」

伊原が驚いて聞いた。

「へい……」

若い百姓は、申し訳なさそうに頷くと、

「あっしは清吉《せいきち》と申しますが、あの時、賊を見たことをお役所に届けでもしたら、奴らは仕返しにくるかもしれねえって、怖くて、お役所に届けることができなかったんだ」

と頭を下げた。

「よし、清吉と言ったな。お前さんが見たことを全て話してくれ。賊が再びこの村にやってくることはあるまい」

十四郎は若い百姓を促した。

「あれは、天気のよい日でございました。そこの道を通りかかった時、家の中から妙な物音が聞こえたんです。おかしいなと思って覗いたところ、見知らぬ男たちが、あの家の中で釜の飯を食ってたんだ……」

清吉は腰を抜かすほど驚いた。

そして、すぐ近くにお役所の勘定人の与田駒之助一行が来ていたのを思い出した。

もつれる足を叱咤《しった》して駆けに駆け、与田駒之助を見つけ、

「村荒らしの、ど、どろぼうが……」

賊たちが入り込んでいる家を教えた。

「分かった」

与田駒之助と島小八郎たちは、すぐに教えられた家の方向に走っていった。

清吉も、よろよろと後を追った。

腰が抜けてしまっているから足元はおぼつかない。

それでも賊が捕まるのを見たいと思ったのは、野次馬根性もあってのこと。だが、辿《たど》りついた時に見たのは、三人の恐ろしい顔をした男たちと、刀を抜いて斬り合う与田駒之助と島小八郎の姿だった。中間二人は血を流して斃《たお》れていた。

清吉は物陰に身を隠して見守った。

まもなく、与田駒之助が肩と腿を刺されて蹲《うずくま》り、島小八郎が気を失って倒れると、男たちは慌てて山の中に逃げていったのだった。

「するとお前は、賊の顔を見ておるな」

十四郎の問いに、清吉はこっくりと頷く。

「よし、顔の造作《ぞうさく》、背の高さ、着ていた着物の柄、何をしゃべっていたかなど、それらを全部教えてくれ」

十四郎がそう言うと、

「顔は、絵を描いてもいいかい……」

清吉はそう言うと、伊原が差し出した半紙に、三人の顔を思い出しながら描きつけていく。

清吉が描いた賊の顔は、一人は髪を結わず後ろに垂らして結び、目が鋭い男。二人目は丸顔で坊主頭、鼻をぐりぐりと塗りつぶして、鼻は赤かったのだと説明した。

そして三人目が、総髪《そうはつ》で顔が長く額に傷がある男で、この男は腰に小刀を帯びていて、与田駒之助はその男に刺されたのだという。

「その総髪の男だが、この柄の着物を着ていたのではないのか」

十四郎は、美里から預かっている、あの袖の切れ端を見せた。

「あっ……」

清吉は大きな声を上げると、怯《おび》えた顔で、

「間違いねえ」

と頷いた。さらに、

「この男は、久三《きゆうぞう》と仲間から呼ばれていました」

清吉は言う。

熱心に自分の帳面に書き付けていた輝馬が、

「塙殿……」

興奮した顔を上げた。

十四郎も、そして伊原も、思いがけない収穫に胸は昂《たかぶ》った。

「清吉とやら、その三人だが、見たこともない男たちだったんだな」

輝馬が念を押す。

「はい。言葉も……あれはここらあたりの言葉じゃねえ。江戸者のじゃねえかと思ったんだが……」

清吉は首を傾《かし》げ傾げ、そう応えた。

「あっ、おかえりなさい。ご飯できてますよ」

陣屋の長屋に帰ると、女たちが三人、夕食を作って待っててくれていた。

「おばさ、すまないね」

伊原太一郎は、年配の、肉付きの良い中年の女に礼を述べた。

「この人は、運八郎のおっかさなんだ。この陣屋内ではおばさと呼んで、皆頼りにしているんだ」

伊原が笑って紹介すると、おばさはすぐに話をとって、

「運八郎がお世話になっているんだから、母親としてできることはしないとね。で、こちらが、伊原さんのお内儀で千代《ちよ》さん、そしてこちらは旦那方はご存じの美里さん」

おばさは、一緒に台所に立っている二人の女を紹介した。

伊原の女房、千代は明るい笑顔で頭を下げた。そして美里も頭を下げたが、やはりどことなく芯を失ったような感じがした。

「申し訳ない」

十四郎が礼を述べると、

「どうせ一人分作るのも十人分作るのもおんなじなんだよ。私たちの分も作っているんだから、遠慮しないでおくれ。さあさ、みんな上がって上がって」

おばさの言葉で、手をとって引っ張り上げられるようにして、十四郎と輝馬、

伊原太一郎と運八郎は座敷に上がった。

すぐにおばさの陣頭指揮で、ご馳走の載った膳が並べられた。

「ほう……ずいぶんとご馳走だな」

十四郎がそう言えば、輝馬も、

「いいんですかね」

誰に問うともなく言って膳につく。

膳の上には、鱈の煮付け、かまぼこに、切り干し大根と葉を揚げと一緒に炊いたもの、小鯛の塩焼き、それに大根の漬け物、横に酒も用意してある。

「いいんですよ。塙様と深井様はご存じないでしょうが、鱈なんて、ほんとにこちらでは安い魚なんですから。小鯛はたまたま網にひっかかったものでお店に出すようなものではありませんから、それも安くしてもらったものです。ご馳走のうちには入りません。それより寒いですからね、こちらは江戸に比べれば、青物《あおもの》が少ないいんです。八百屋にはあるけど高くて手が出ない。だから秋に干しておいた大根の葉を水で戻して……まあ、食べてみて下さい」

おばさは口も立つが、気配りも行き届いている。

箸をつけた十四郎が、ふと道場で大内彦左衛門《おおうちひこざえもん》ととる質素な食事を思い出し、

──これを彦左に食べさせてやったら、どんなに喜ぶだろう

と思ったその時、

「塙殿、食事が終わったらお願いできますか」

代官の市田金之助が入ってきた。

「お二人に剣術を習いたいと言って二十人ほど集まっておりまして」

と市田金之助は言った。

「市田様、稽古は明日からじゃなかったのですか」

伊原太一郎が咎《とが》めるように聞き返したが、市田金之助は困った顔をして、

「集まってしまった者を帰すのもと思いまして、それで今夜の都合をお聞きしたくて参ったのです」

すみません、と市田金之助は謝る。

「分かりました。少しお待ち下さい」

十四郎と輝馬は急いで食事を済ませると、奥に置いてあった竹刀を摑んだ。

「塙様……」

土間に下りようとした十四郎に、美里が声を掛けた。

「倅の仙太郎もおそらく道場に行っていると思います。どうぞ、追い返して下さ

いませ」

美里は、手をついた。

「父の敵を討つと……仙太郎殿は諦めてはいないのですな」

輝馬が聞く。

「はい、私がいくら言っても言うことを聞かぬのです」

輝馬は、思案顔で十四郎と顔を見合わせる。

美里は話を続けた。

「あの子は父親が誇りでございました。大人になったら父親のようになりたい。領民の皆に慕われるような、お百姓さんたちと一緒に、この領地が豊かになるように働ける役人になりたい。それで勉学にも励んでいたのですが、突然父親に死なれてしまって、それも無残にも殺されて……あの子は心の置き所がないのだと思います。敵を討てばひとつの決着を見ることができる、子供ながらにそう考えているのではないかと思っています」

「無理もない話だ。だが、お役所も敵討ちなど許すはずがない。なにしろ相手は、つまらぬ盗賊なのだ。将来のある子供の手を汚させるわけにはいかない」

輝馬は言う。

「気の毒なのは、与田さん一家は、白河からやってきた人なんですよ。この土地の者ではないんです。遠くまでやってきて、殺されるなんて……」

おばさは、前垂れで涙を拭いた。

「でも、私たちはここに参りましたこと、良かったと思っていました」

美里は息を吐くと、静かに言った。

「初めのうちは、こんな遠い飛び地にやってきて、白河が恋しい、友達や親戚が恋しいと思っておりましたが、こちらの人たちの心に触れて、ここで勤め上げると、夫はそう申していたのです」

「美里殿は、剣術の稽古そのものを反対しているのではないのですな」

十四郎の問いかけに、美里は頷いて言った。

「もちろんでございます」

「分かった。一度、仙太郎殿と話してみよう」

十四郎は言った。

「総勢二十一名です。よろしくお願い致します」

十四郎と輝馬が道場に入ると、皆一斉に頭を下げた。白い息が道場に上がる。

勘定頭の心配りなのか、道場の壁には、周囲ぐるりと何本もの百目蠟燭《ひゃくめろうそく》が燃えていて、集まった陣屋の役人たちは、みな思い思いの出で立ちで竹刀を手に待っていた。

大人たちに混じって端の方に仙太郎の姿があった。

「さて、ひとつ聞いておきたい。これまでに剣術の稽古をやったことがない者がいるかな」

十四郎が皆を見渡すと、ぽつりぽつり、手を上げる者がいた。

十四郎は頷いた。陣屋の仕事の多くは算盤《そろばん》を使うことだ。

算盤ができなければ仕事にはならないが、剣はできなくてもお役目は果たせる。

仙太郎は、じっと鋭い目を向けて聞いている。

「分かった。それでは今日は、素振りから始めよう。剣の稽古の基本は素振りだ。まずは深井殿にやってもらう。深井殿の竹刀の使い方、足の出し方、よく観察するように」

十四郎が話し終えると、深井輝馬が道場の真ん中に進み出て、一、二、一、二、と声を掛けながら、ゆっくりと竹刀を振ってみせた。

「よし、皆、開いてくれ……素振りをした時に、前にいる者に当たらないように間隔をあけて立つのだ」

十四郎は、強いて仙太郎を意識しないように皆に言い聞かせる。

仙太郎を入れて二十一人が、適度の間隔に列を作って立った。

そして正面に、輝馬が竹刀を構えて立つ。皆の手本になるためだ。

「では始める。皆、腹から声を出すのだ！」

十四郎の号令とともに、道場は割れんばかりの男たちの声が響く。

「一、二、一、二……」

十四郎はみんなの間を回りながら、一人一人に注意をしていく。

「右足の出し方、後ろ足の蹴り方に気をつけろ！」

「右手に力が入りすぎだ。それじゃあ竹刀をまっすぐに下ろせないだろう」

「肩の力を抜け……肘《ひじ》を締めろ！」

道場内はだんだんと熱がこもってきた。

素振りを一刻《いっとき》（二時間）ほど教えただろうか、十四郎は皆に素振りを止めるよう号令を掛けると、

「本日の稽古は、これまでとする。次には打ち込み稽古を行う。そのためには、しっかりとまず素振りができなくてはならぬ。暇をみて素振りの稽古を必ず行う

ように。よろしいな」

「はい！」

みんなも大きな返事で応えてきた。

十四郎の胸に、ふと諏訪町《すわちょう》の道場のことが浮かんだ。

「ありがとうございました！」

礼儀正しく挨拶をして二十一人が帰っていく。

「仙太郎……」

十四郎は、ぺこりと一礼して帰ろうとした仙太郎に声を掛けた。

「どうだ、息は切れなかったか」

十四郎は、にこにこして聞いた。

「はい、大丈夫でした。でも、剣術の稽古は初めてですから、うまく竹刀が振れませんでした」

「いや、初めてにしてはよく振れていたぞ」

「ありがとうございます」

「ただ、敵を討つために稽古を始めたというのなら、止めたほうがいいな」

十四郎は、さらりと言った。

仙太郎の顔が一瞬にして強張った。

「剣術は、そんなに簡単に身につくものではない。敵を討つ腕になるには、何年もの修行が必要だ」

「私は、私は何年でも修行します」

仙太郎は、きっと睨んで言った。

「仙太郎、剣術を身につけるのは何のためだ……」

「……」

「我が身を守るためだ。相手を殺す目的のためだけに剣術を身につけるのではない」

「……」

仙太郎は物も言わず聞いているが、その目は激しく反発している。

「剣術も、ある程度の腕は必要だろうが、仙太郎殿が学ぶべき第一のものは、算盤ではないのか……そなたの母上の話では、そなたは父上を尊敬していた。父上と同じように勘定人になって領民の暮らしをよくしてやりたいと考えていた……そうではなかったのか……」

十四郎は諭《さと》すように仙太郎に話しかける。

「それは、父上が亡くなるまでの話です」

仙太郎は、反発するように言う。

「待て、それは違うな。お父上が亡くなられたからこそ、その思いを大切にして、父上の跡を継ぐべきではないのかな」

「塙様、私はもう役人になどなりたくありません」

仙太郎は、きっぱりと言った。

「何……じゃあ何になりたいというのだ」

「私は医者になりたいと思っています」

仙太郎は意外なことを口にした。

「父が亡くなる時に思ったんです。どんな刀傷でも治せる医者がいたらと……」

「そうか……仙太郎、医者ならなおさら、敵など考えるな。母上も心配されていたぞ。賊のことは、われわれに任せて……」

十四郎は、仙太郎の両肩に手を置いて言った。

仙太郎は、きっと十四郎を見詰めた。自分の肩に置かれた手にあらがっているように見えた。

だがやがて、その体から力が抜けていくのが分かった。

仙太郎は言った。

「塙様、塙様が賊を捕まえてお仕置きをして下さるんですね」

「そのつもりだ」

十四郎は頷いた。そして、

「賊のことはお役所に任せて、仙太郎は自分の道を進むがよいぞ。あの世でお父上も、きっとそのように願っている筈だ」

「父上が……」

突然仙太郎の顔が崩れた。父を慕う切ない色に変わっていく。やがてその双眸《そうぼう》から、大粒の涙がぽろぽろと流れ落ちる。

小さな胸で父の敵を討たねばと、仙太郎は思い詰めていたに違いない。

十四郎は、仙太郎の肩を引き寄せて抱いた。

「塙様……」

仙太郎は、しゃくりあげながら十四郎の腕の中で泣く。

——まだ年端《としは》もいかない子供じゃないか……。

万吉《まんきち》と同じ年頃じゃないかと、十四郎の胸は痛んだ。

四

「お登勢様、近藤様がいらっしゃいました」

泊まり客の履き物を棚の中に揃えていた万吉は、近藤金五が女を連れて顔を見せたのを知り、慌てて台所に走ってお登勢に告げた。

お登勢はすぐに玄関に出た。

「どうしても、もう一度お登勢様に会ってお礼が言いたいというのだ」

金五は連れてきた女をちらと見た。

女は今日の今日まで慶光寺で修行していたおつぎという女だった。

木綿の着物に化粧っけなしのおつぎは、贅沢を好まぬ働き者の女である。

このたび亭主の与次郎《よじろう》が折れて離縁を承諾し、証文に爪印を押してくれたことで、修行途中で寺を出ることになったのだ。

三行半《みくだりはん》の証文を読み上げ、おつぎの手に渡す儀式には、お登勢も出ていたのだが、おつぎは寺を去る前に、もう一度お登勢に礼を言いたかったようだ。

「まあまあ。ここではなんですので、お上がり下さい」

お登勢は、お民を呼んで、菓子とお茶を出すよう命じた。

「本当に、なんとお礼を言っていいのか、お登勢様には本当にお心を掛けていただきまして、ありがとうございました」

おつぎは、改めて礼を述べる。

「でも良かったですね。与次郎さんも分かってくれて……」

「はい」

おつぎは頷いた。

与次郎はおつぎと屋台で蕎麦を売っていた。金を貯めて小さな店を出す。そのためには子供を産むのも我慢しようと、おつぎは一度お腹にできた子を堕ろしている。

罪の意識と我が子への愛。おつぎは当時、泣いて泣いて、涙が涸れるまで泣いたと言っていた。

そうしてようやく貯めた金の大半を、与次郎は博打《ばくち》で失ってしまったのだ。

おまけに賭場に借金があるとかで、連日長屋に恐ろしい顔をした男たちが来るようになり、おつぎは有り金を抱いて橘屋に駆け込んできたのだった。

与次郎は、別れたくない。博打をやったのは店を出すための金があと少し足りない。それを手に入れようとしたのだと言い訳し、頑《がん》として別れないと言い張ったのだ。

おつぎは、長年の苦労を思うにつけ、特に子を堕ろしたことは拭いようのない心の傷となっていて、与次郎とは二度と一緒に暮らしたくないと決心したのだった。

おつぎが抱いて持ってきた金は、半分は与次郎に渡し、残りの半分で寺入りしたのだった。

あれから一年、先月のこと、与次郎がやってきて、

「おつぎの幸せを考えてやりたい。別れます」

そう言ったのだ。

晴れて離縁が叶った訳だが、お登勢はこの先のおつぎの暮らしが心配だった。

「仕事の伝手《つて》はあるのですね。もし、いいところが見つからなかったら『三《み》ツ屋《や》』にいらっしゃい」

お登勢は言った。

「ありがとうございます。長い間お蕎麦を作ってきましたから、ちょっと知っているお蕎麦屋さんに掛け合ってみようかと思っています」

落ち着いたらご報告に参りますと、おつぎは深く頭を下げて帰っていった。

玄関までおつぎを送って、引き返そうとしたその時、

「ごめん」

焦げ茶の裁着袴《たつつけばかま》に鼠《ねず》色の小袖を着た初老の男が現れた。

「小野田平蔵と申す。塙殿と秋山藩に参った者でござる」

「あっ、これは失礼致しました。登勢でございます」

お登勢は手をついて、

「十四郎様も一緒では……」

平蔵の背後を見るが、十四郎の姿はない。

「事情があって、私一人が楽翁様にご報告のため戻りましたが、塙殿は楽翁様の命で引き続き越後に残っております。おそらく今頃は柏崎にある陣屋にいると思われます」

平蔵は申し訳なさそうに言う。

「約束が違うのではないか。どのような用向きで柏崎に向かったのだ」

奥から金五が出てきた。

「柏崎の領内で難しい事件が起きたようです。その探索のためだと聞いておりま

す」

「ったく……」

金五は舌打ちした。

だいたい金五は、新婚早々の十四郎が、越後に行かされるという話には当初から反対していたのだ。

「とにかく話を聞こう」

金五とお登勢は、平蔵を居間に誘《いざな》った。

ちょうど外から帰ってきた藤七も加わった。

「それで、秋山藩の方の御用は済んだということですな」

金五が座るや平蔵に聞く。

「はい、無事にお役目を果たしました。詳細についてはお話しできませんが、私がこれまで受けたお役目の中では、大変重い案件でした。藩主の命もあわやというところでしたが、塙殿の才覚で情勢はどんでんがえし。今頃は順次、悪に荷担した人たちは処罰を受けていることと思われます……」

一連の問題に決着をつけ、平蔵がまず楽翁に報告のため秋山藩を出たのだが、どうやらそのあとで、楽翁の指示を持った深井輝馬が越後に向かったようで、十四郎は今度は深井輝馬と柏崎陣屋に赴いたというのであった。

「深井輝馬殿まで……いったいどうなっているのだ」

金五は大きく溜息を吐いた。

「いまさら言っても詮ないことだな。無事に帰ってくることを祈るしかあるまい」

諦めの言葉を金五が発した時、

「お登勢様、お登勢様！」

血相を変えて、お民が部屋に飛び込んできた。

「お民、お客さんだ」

藤七が注意したが、

「あ、あの、先ほどここから帰っていったおつぎさんが、妙な男に襲われていますよ」

「何！」

金五は刀を摑んで立ち上がった。

「どこだ、場所は……」

「すぐそこ。せ、仙臺堀《せんだいぼり》に架かる海辺《うみべ》橋の袂で……」

お民がみなまで言うより早く、金五も平蔵も藤七も橋屋を走り出た。

平蔵の足は速かった。金五や藤七を背後に置いて、あっというまに海辺橋に出た。

「あっ」

平蔵は、土手を二間《けん》（約三・六メートル）ほど下りた場所で二人の男がもみ合っているのを見た。

「止《や》めて！　誰か助けて！」

おつぎが右往左往して叫んでいる。

「止めなさい！」

平蔵が土手に足を踏み入れたその時、

「ぎゃっ」

男の声が上がった。男は肩口を押さえて起き上がるが、すぐにおつぎを庇《かば》って立った。

その肩からは、大量の血が流れ出している。

「ふん。こうなったら、二人ともあの世に送ってやる！」

匕首《あいくち》を振りかざし、悪態を吐いているのは、やくざ風の若い男だった。

「待て！」

平蔵は走り込んだ。

同時に腰に帯びていた小刀を抜き放ち、やくざな男が襲いかかったその前に飛び込んだ。

「野郎！」

二度三度、平蔵はやくざな男と刃を撃ち合わせたが、次の一撃でやくざの男の匕首を撥ね返した。

「邪魔するんじゃねえ！」

やくざな男は、いきなり立って再び匕首を突いてきた。

平蔵はこれを払い落とすと、男の腕を力任せに捻《ね》じ上げた。

「おとなしくしろ！」

走ってきた金五が、怪我を負った男を見て驚きの声を上げた。

「お前、与次郎じゃないか……」

与次郎と呼ばれた男は、肩を押さえてよろよろと近づくと、

「このたびはお世話をおかけしまして」

ぺこりと頭を下げた。

「なんでお前が、こんなところにいるんだ」

金五が聞く。

「へい。あっしは、おつぎに会うのもこれが最後だと思いやして、ここで待っていたんでさ。謝って、今度こそ幸せになるように、あっしの気持ちも伝えたかったんでさ。そしたらいきなり、この男が現れて、金を返せだなどと叫んで。あっしはとっくに耳を揃えて返しているのに。そう言い返したら逆上して、おつぎを狙ったんです。女郎宿《じょろう》に売ってやるなどと……」

「そうか、それで刺されたのか」

金五は言い、与次郎の傷を見た。

「いかんな、これは。藤七、柳庵《りゅうあん》先生を呼んでくれ」

藤七は頷いて走っていった。

「平蔵殿、助かりましたぞ」

金五が礼を述べると、平蔵は笑みを見せて、

「塙殿が帰られるまで、橘屋を手伝うようにと楽翁様から命じられておりました。まずはこの男、そこの番屋に突き出してきます」

平蔵は、やくざな男の腕を捻じ上げて番屋に向かった。

「あっ、あんた！」

おつぎが叫んだ。

与次郎がどさりと膝をついたのだ。荒い息をしている。

「よし、辻駕籠《つじかご》を呼んでくる。待っていろ」

金五が走っていった。

「あんた、与次郎さん、しっかりして」

おつぎが呼びかける。

「なあに大丈夫だ。仮に、このまま死んでも本望《ほんもう》だ。おめえの傍で死にてえ……」

与次郎は苦笑してみせたが、気を失った。

「与次郎さん、あんた！」

おつぎは必死に与次郎の体を揺すった。

五

刈羽郡《かりわ》の西村《にし》という村で不審な男たちを見たという情報が入り、陣屋の役人と中間小者など十数人を引き連れて、十四郎たちがその村に到着したのは昼を過ぎていた。

西村の名主《なぬし》である藤左衛門《とうざえもん》は、屈強な百姓二十人を揃えて、十四郎たちを待っていた。

十四郎たち陣屋の者たちが昼食を終えるのを待って、藤左衛門は近隣の村落の地図を広げた。

「村人が見知らぬ男たちを見たと言ったのは、この辺りです」

藤左衛門は小高い山の中を指した。その山を囲むようにして村々がある。

「不審な男たちを見かけたのは、山に薪《たきぎ》取りに入っていた真吉《しんきち》という者と勘助《かんすけ》という者です。賊の噂は知れ渡っていましたから、真吉たちも腰を抜かすほどびっくりして逃げるように帰ってきたというのですが……」

「賊を見た二人というのは……話が聞けますか」

十四郎が尋ねると、

「ここに呼んでくれ」

藤左衛門は百姓の一人に命じた。

すぐに男二人がやってきた。待機していたようだ。だが、おずおずして、いまだ恐怖から醒《さ》めていないようだ。

「どんな男たちだったのか、教えてくれ」

十四郎がそう尋ねると、

「よくは覚えてねえんだけど……一人は坊主だったかな」

真吉がそう言えば、勘助は、

「もう一人は、髪を後ろに垂らして束ねていたな」

そう言ったのだ。

十四郎は輝馬と顔を見合わせると、懐から紙を取り出して二人の前に広げた。

与田駒之助と島小八郎が襲われた場所で、実見した百姓に聞き書きしたり描いてもらったりした賊たちの人相書きだった。

「あー！」

二人は声をそろえて大声を上げた。

「こ、こいつらだ！」

二人は叫んだ。

「よし、間違いない。藤左衛門殿、この山を三方の村から上りながら探索するというのはどうだろう」

輝馬の提案で、総勢三十人余が、山の三方から探索することになった。

百姓たちと役人が入り交じり、百姓は鍬《くわ》や鎌などを武器とし、役人は刀、また百姓の中でも数人は名主の家に置いてあった槍や刺股《さすまた》、突棒《つくぼう》、袖《そで》がらみなど、江戸の番屋や陣屋などにも置いてある捕物道具を担いで上った。

賊を見つけた場合は、指笛を鳴らして知らせることになった。

十四郎は、真吉と勘助が賊と出合ったという山肌を上っていった。

枯れた木の葉の匂いが、樹間に目を配らせて上っていく一行の鼻をくすぐる。

「まだ山は寒いですから、この山を住処にしていたとは考えられませんが……」

藤左衛門はそんなことを言っていたが、

「あの小屋……」

山の中腹に炭焼き小屋を見つけた百姓が、緊張した顔で指した。

足下の枯れ葉や枯れ枝を踏んで音を立てないように注意しながら近づくと、

「火を焚《た》いている。まだ新しい、昨日今日の焚き火のあとだ」

伊原太一郎が小屋の中の灰を眺め、辺りを見渡した。

小屋の中にはつぎはぎだらけだが寝具もあり、鍋釜もある。

鍋の中を見ると、何かを炊いたあとがあった。

数日のことなら住めないことはないなと、十四郎は思った。

緊迫した空気が一行をおし包んでいる。

すると、百姓の一人が叫んだ。

「これ見て下さい。兎《うさぎ》の皮だ」

百姓は棒きれの先に、兎の皮をひっかけて十四郎に見せてくれた。

その時だった。

むこうの山で指笛が鳴った。

「むこうだ！」

誰かが叫んだと同時に、十四郎たちは山の中を走っていく。

急な斜面では数人の役人が、足をとられて滑り落ちた。

十四郎も足をとられて不覚をとったが、すぐに這い上がって皆の後ろから走っていった。

「むこうだ、逃げたぞ！」

叫んでいるのは輝馬たちの組だった。

あっちに走りこっちに走り、皆声や指笛を頼りに走っていったが、まもなくがっくりと肩を落として呆然と前方の藪《やぶ》の中に視線を向けている輝馬一行に追いついた。

「駄目だ、捕り逃がした」

輝馬は、悔しそうに十四郎に言った。

もう一方からも、役人や百姓たちが走ってきたが、賊は大勢の追っ手をものともせずに消え失せたのだった。

「出没するのなら、別の村だな。もうこの辺りの村にはやってはこない。神出《しんしゅつ》鬼没《きぼつ》とはこのことですな」

藤左衛門も悔しそうに言った。


その夜の十四郎たちの食事も、膳の上に万端用意されて、おばさが待ってくれていた。

十四郎が礼を述べると、

「なあに、いいんですよ。美里さんと、伊原のお嫁さんが手伝ってくれてますから。それより、夕食が済んだらお役所に集まるようにって、触れがまわってきましたからね、お酒はそのあとにして下さいよ」

私も運八郎に急いで食事をさせなきゃ、などと言い、慌てて帰っていった。

十四郎と輝馬は急いで食事を済ませた。

役所の広間に駆けつけると、大勢の役人たちが集まっていた。

勘定頭の岩崎弥助が出てきて中央に座すと、勘定奉行以下一同しんと静まった。

するとおもむろに、代官の市田金之助が立ち上がった。

「緊急に集まってもらったのは他でもない。このところわが領内で盗みや殺しを働いている賊は三人と、そこまでは塙十四郎殿、深井輝馬殿の助力を頂いて分かってきたが、その賊がどこからやってきたものか皆目《かいもく》分かっていない。ところが本日、江戸の上屋敷から書状が参った。それによると、関八州《かんはっしゅう》を荒らし回っていた悪党が、越後に流れていったらしいというのだ。いまこの柏崎の村々を荒らして回っている三人と一致するのではないか……いざという時のために、送られてきた人相書きの文言を全員に覚えておいてもらいたい、そう思ったのだ」

市田金之助は、まずそう言って皆を見回した。

驚きの声がしばらく続いた。

頃合いを見て、市田は咳払いをすると、江戸から送られてきた人相書きを読み上げた。

「まず一人目は、宗俊《そうしゅん》。もとは修行僧だったが、仲間を殺して寺を出奔《しゅっぽん》。以後、関八州を舞台に、博打、窃盗、押し込みを重ね、ついには関八州を追われて、この柏崎に逃げてきたようだ」

役人たちにどよめきが起こる。

「塙殿……」

輝馬は驚いた目で十四郎に合図を送ってきた。

「もう一人については……」

市田の説明が続く。

もう一人は、総髪の男で浪人の久坂《くさか》久三。江戸で廻船《かいせん》問屋の主を殺して金を奪い、以後は関八州で先に説明した宗俊と出会い、仲間となって悪事を働いてきた者だと説明した。

十四郎と輝馬は、顔を見合わせた。

「そして祈禱《きとう》師あがりの自称斎太郎《さいたろう》という男だ。無宿人で、出自ほか定かではないが、江戸で小間物屋《こまもの》に押し入り、小間物屋の女房を手込めにし、関八州に流れ、先の二人と仲間になって悪事を重ね、ついにはこの柏崎に流れてきたらしいというのだ」

「間違いない、塙殿」

輝馬が言ったその時、

「塙殿……」

市田が呼んだ。

「塙殿が調べ上げた男たちと、どうだろう、似ていないだろうか」

十四郎は立ち上がって言った。

「まさしく、いま話された者たちと一致します。賊の正体が分かった以上、明日にでも村々に回状を回し、あるいは町の要所要所に張り出すなどして、三人の賊が容易に悪事を働けないようにしてはいかがでしょうか」

「市田、やってみろ」

すぐさま勘定頭の岩崎の檄《げき》が飛んだ。

徹底して領内に情報を流すことで、賊を撃退しようと皆の確認をとってから、岩崎は散会を告げた。

ぞろぞろと皆、なにやら落ち着かない様子で帰っていく。

十四郎と輝馬は、その後、岩崎や市田に本日の山中捕物の結末を報告してから外に出た。

草履をつっかけて、月の光を頼りに長屋に戻ろうとした十四郎と輝馬は、物陰に何者かの動きを知って足を止めた。

「誰だ、出てこい」

輝馬が闇に言った。しんとしている。

「出てこぬと斬るぞ」

もう一度押し殺した声で輝馬が言ったその時、ごそごそと動いて、

「すみません、力をお貸し下さい」

なんと女が這《は》い出てきたのだ。

「誰だ……」

十四郎は薄明かりを頼りにその顔を見て驚いた。

「お前は！」

「はい。おとめでございます」

「力をお貸し下さいとは、どういうことだ」

「亭主と大げんかになったんです。別れる別れない、そのことで……私、別れたいんです。ですからこの陣屋の力で、別れさせて下さい」

必死に訴える。

「おいおい、ここは縁切り寺ではないぞ」

背後から伊原が近づいてきて言った。

「縁切り寺があれば、そちらに行っています。行くところがないから、ここにやってきたんです」

「帰りなさい、帰って亭主と話し合いなさい」

伊原は腕を引っ張って帰らせようとするのだが、

「やだー。帰れというのなら、死んでやる」

おとめは、簪《かんざし》を引き抜いて喉元に突きつけた。

「おとめ!」

「話だけでも聞いておくれよ。ここは私たちを守ってくれる筈の陣屋じゃないか」

おとめは興奮して、だんだん大きな声になっていく。

「伊原さん、塙殿は江戸では縁切り寺にも関わる仕事をしている人だ。どうだろうか、塙殿に任せてみては……」

見かねて輝馬が言う。

「いいのですか、塙殿。これ以上遅くなっては、家に帰すこともできぬ」

「もし、よろしければ、今夜一晩私の家で休んでいただいても……」

提灯を手に近づいてきたのは美里だった。

「出すぎたことかもしれませんが、お話がすんだあとは是非そうして下さいませ」

美里は、おとめの混乱した顔を痛々しそうに見て言った。

「いいのですか、美里殿」

伊原が案じ顔で聞く。

「はい、私の家は仙太郎と二人です。それに、おとめさんのご亭主多助さんには台所の棚を取り付けていただいたことがございます。おとめさんとも知らぬ仲ではありません。塙様のところでお話がすみましたら、私の家にお連れ下さいませ」

「美里様、ありがとうございます」

おとめは泣き出した。

「いいのですよ。私もつい先日、塙様に助けていただきました。お陰様で仙太郎も落ち着いて勉学に励んでおります」

美里は、十四郎の顔を見て頭を下げると、

「待っていますよ、おとめさん」

そう言って、踵《きびす》を返して帰っていった。

六

「さあ、話してみなさい」

十四郎は長屋に戻ると、おとめを前に座らせて顔を覗いた。

先ほどの興奮は少し収まったようだが、行灯に映るおとめの顔は疲れはてているのが分かる。

まさか柏崎までやってきて、離縁したい女の話に耳を貸すなどとは想像もしなかった十四郎だが、困っている人間を見過ごすこともできない。

おとめはもじもじしていたが、やがて十四郎の顔を見て言った。

「でも、こんな男前のお役人様に、面と向かって亭主の悪口を吐き出すのは、恥ずかしいです」

　離れて聞いている輝馬は、ぷっと笑った。

「何が恥ずかしいだ。塙殿もせっかく話を聞こうと言ってくれたのだ。手短に話してみなさい。んっ、そうすれば、お前の気持ちも晴れるんじゃないか」

　伊原は言う。

　さすがに十四郎だけに押しつけるのは申し訳ないと思ったか、伊原はしぶしぶついてきて、十四郎と並んで座っているのだ。

「夫の多助さんは、もう私には嫌気《いやけ》がさしてるんです。どうやらいい女《ひと》がいるみたいで……」

「女がいる……」

　伊原はおとめの顔を覗くように見て、

「多助は酒は好きだが、他の女には興味がない男だぞ」

　何を言っているんだというように笑った。

「います、ほんとです。家には帰ってこないし、帰ってきたと思ったら、体に女の匂いをつけてさ……紅《べに》だってつけてるんだから、間違いねえ！」

　おとめはきっぱりと言い、伊原を睨んだ。

「やれやれ、多助も何をしているのか」

伊原が呆れた顔で口を噤《つぐ》むと、

「多助さんは女がいるくせに、私に手を出そうとしたんです。だから私、言ってやったんです。他の女を抱いた手で、私に触らないでくれって。もう別れてもいいんだって……」

おとめは、今度は視線を十四郎に向けて言った。

伊原は溜息を吐いておとめを見詰める。

だが十四郎には、お登勢の傍らで何度も味わったおなじみの光景だ。

「許してやることはできぬのか……」

十四郎は笑って言った。

「許す許さないの問題じゃあないんです。一緒にいても何をやっても、お互いの息がずれてる感じがして。私も近頃は『甲斐性《かいしょう》なし！……』なんて酷《ひど》いことを言ってしまうし、あの人だって『おめえのような女は最低だ……』なんて怒鳴るんです。なにがどうこうというより、もうお互いに見切りをつけちまった、そう思うんです」

「だが亭主は、別れないと言っているんだな」

十四郎が尋ねると、おとめはこくんと頷いた。

「おとめ、亭主は浮気なんかしてないんじゃないのか。もしも女がいるのなら、お前さんが別れたいと言えば別れるだろう。これ幸いと……」

十四郎は、ひとつひとつ話を聞き出していく。

「いいえ。あの人は、そうしたくてもできないのだと思います。自分は何も悪くないのに私の方から別れると言い出したんだ、愛想を尽かしたんだというふうにしたいんです」

「ふむ……分かりにくい話だな。何か理由があるのか」

十四郎は聞く。

伊原と輝馬は、やれやれという顔で話を聞いている。

「私たちは、番神堂《ばんじん》の粂蔵《くめぞう》さんとおくらさん夫婦にさんざんお世話になったあげくに仲人《なこうど》になってもらったんです。その時に二人の前で約束したんです。何があっても添い遂げるって……多助さんは女はけっして作らないって約束させられましたし、私も、どんな苦労があっても愚痴は言わないって……よほどの理由がなければ、別れる切れるなんて言ったら粂蔵さんとおくらさんの気持ちを裏切ったことになるんですから」

おとめの言葉を待って、話を聞いていた伊原が説明した。

「塙殿、番神堂というのは柏崎の海岸に建つ日蓮上人《にちれんしょうにん》ゆかりのお堂のことです。そこに古くから茶店を開いている夫婦が粂蔵さんとおくらさんです。世話好きの人の好い夫婦で、この陣屋の者たちも皆慕っております」

「ふむ……」

十四郎は頷くと、おとめに言った。

「ひとつ聞きたいのだが、おとめは亭主に女がいないと分かれば、離縁したくはないんだな」

「それはそうですが、近頃の多助さんは本当におかしいんです……大金を摑んでやるなどと訳の分からない話をするんですから。そんな話、転がってるわけないじゃないかと言ってやると、まあ見てなって。あの人まさか、近頃噂にある盗人連中と同じことをするんじゃないかって。私怖いんです。おかしくなってるんですよ、多助さんは……」

おとめの言葉に、十四郎も伊原も、そして輝馬も、一瞬顔を強張らせた。

近頃村々を荒らしている賊の話は、領内で知らぬ者はいない筈だ。

その賊が未だに捕まっていないことも、皆知っている。

大胆なことをやって人の物を手に入れても捕まることはない。そんな風評が広まれば、第二、第三の賊たちが生まれても不思議はないのだ。

悪に触発されて、新しい悪が誕生する。十四郎たちは、それも恐れて賊の捕縛に気持ちを焦らせているのである。

「一度多助に会ってみよう」

十四郎は言った。

「じゃあ私が、美里殿の家におとめを頼んできます」

伊原はおとめを促して帰っていった。


「何だ何だ、何て書いてあるんだ……」

十四郎と伊原たちが、柏崎宿の高札場《こうさつば》に江戸から報せてきた賊の人相書きを張り出していると、大勢の宿場の人たちが集まってきた。

出没する賊を一刻も早く捕縛するか、あるいはこの地の居心地が悪くなって他所に移っていくか……それを狙うために、宿場をはじめ村々に、賊の人相書きを張り出すことにしたのである。

「お役人様、あたしは字が読めねえんです。読んでいただけませんか」

杖をついた老婆が言った。

「よし、皆、聞き漏らさないようにしてくれ！」

伊原は大声で前置きすると、扇子を出して、文字を指しながら大声で説明した。

「まず、皆も知っている通り、賊は三人だ。この三人は、関八州から追われている者だということだ。一人は、宗俊という修行僧だった男だ。仲間を殺して寺を出奔し、以後、博打、窃盗、押し込みと悪の限りを尽くしてきている。そして次の男は、総髪の浪人で久坂久三という。江戸で廻船問屋の主を殺して、先の坊主の仲間になっている。そしてもう一人は、祈禱師あがりの無宿人で斎太郎という男だ。小間物屋の女房を手込めにし、以後は宗俊たちと犯罪を繰り返している。先《せん》だっては、お役所の役人が奴らに殺された。この三人を見つけた者は、すぐにお役所に届けてほしい」

集まった人々は口々に何か言いあっていたが、

「お役人様」

小さな声が聞こえた。

十四郎が振り向くと、若い漁師の男が告げた。

「扇町《おうぎまち》の飲み屋で坊主頭の男と、髪の長い男を見たぜ」

十四郎の耳元に囁いた。

「いつのことだ？」

「二、三日前かな」

「店の名は？」

「『おはる』……おはるという女がやってる店だ。違ってるかもしれねえけどよ」

若い漁師は、そう言うと帰っていった。

「塙殿、私がおはるに会ってみます」

伊原太一郎はそう言うと、扇町に向かった。すると、

「塙様、私もお手伝いさせて下さい」

仙太郎が近づいてきた。

「どこに行っていたんだ、仙太郎。こんな町場でうろうろしていたら、母上が心配するぞ」

田中運八郎が笑って言った。

「母のお使いで糸を買いに行ってきたのです」

「だったら早く帰りなさい。母上が心配する」

十四郎が促した。すると、

「私も手伝いたいのです。父上を殺した奴を、一日でも早く捕まえてほしいのです」

「気持ちは分かるが、そなたがこれからしなければいけないことは、父上に代わって与田の家を守ることだ。そなたしかおらぬのだぞ」

十四郎は腰を落として、仙太郎の顔を見た。

仙太郎は、しっかりと頷いた。以前とは違って、目の色に揺らぎがなかった。

「塙様、私は母上が泣いているのを見てしまいました。父上が亡くなった時から一度も泣いたのを見たことがなかったのに、お位牌の前で泣いていました……」

仙太郎の声は、涙で曇っていく。

「仙太郎……」

「私は父のお位牌に誓いました。きっと母上を守りますと……」

「うむ……それでよい」

「それと、父を殺した悪党が捕まれば、母と白河に帰るかもしれません」

「ほう、そのような通知が参ったのだな」

「はい。陣屋にいても私ではお役に立ちません、子供ですから。また私も母も、この地にいれば父が殺されたことをいつも思い出します」

仙太郎はそう告げると、可愛らしい頭をぺこりと下げて、陣屋の方に向かっていった。

その後ろ姿を目で追いながら、運八郎が言った。

「仙太郎さん母子がこの柏崎を去るなんて実に残念です。この陣屋には多くの役人が本藩から参りますが、皆一年も過ぎる頃になると、白河に帰りたいなどと言い出します。ですが、与田様はそうではありませんでした。この陣屋に骨を埋めるとおっしゃっていたんです。陣屋の中の役人には、地元の者と、こちらに出張してきた者とおりますが、与田様は出張してきた人たちの中では、ずば抜けて百姓たちにも好かれ、頼りにされていた方です」

「分かるような気がするな。だからこそ、命を張って賊と闘ったに違いない」

「はい。仙太郎さんたちが、この地を去るまでに賊は是が非でも捕まえなければ……」

運八郎は怒りを含んだ声で言った。

七

十四郎は、眼下に波打つ海に圧倒されて立ち竦《すく》んだ。

海が鳴り、くすんだ海の水が白いしぶきをあげながら岸壁に打ちつけている。

大きな波がはるか彼方から押し寄せるたびに、海が声を上げて泣いているのだ。

この番神堂は運八郎の説明によれば、文永《ぶんえい》十一年（一二七四）に佐渡《さど》に流されていた日蓮上人が御赦免《しやめん》となり、佐渡から寺泊《てらどまり》に向けて船に乗ったが、時化《しけ》に遭って漂着した場所だという。

それが縁で、日蓮上人は八幡大菩薩《はちまんだいぼさつ》を中心に、二十九の神々を合祀《ごうし》したのが、いま十四郎と運八郎が立っている後ろに堅牢《けんろう》な姿を見せている番神堂だった。

ここには柏崎陣屋の者たちも、よくやってくるのだと言う。

――この壮大な景色を、お登勢にも見せてやりたいものだ……。

十四郎はそう思った。

「気に入りましたか……」

運八郎が自慢げに聞く。

「おおいに気に入った。今度は仕事でなく物見遊山で参りたいものだ」

十四郎がそう言ったその時、

「おっ、帰ってきたようだ」

運八郎が番神堂にある茶屋の方を見て言った。

先ほどここにやってきた時に店を覗いてみたのだが、粂蔵もおくらも姿が見えなかったのだ。

二人は店に向かった。

「これは田中様、お久しぶりです」

おくらは、にこにこして迎えてくれた。おくらと並んで粂蔵も頭を下げる。

いずれも五十そこそこか。おくらはふっくらして、粂蔵は痩せている。体つきは違っていても、二人とも人の好さそうな顔をしている。

「こちらは江戸からいらした塙十四郎様だ。近頃柏崎を荒らしている賊を探索するために来て下さったのだ」

運八郎は、その賊三人の素性が分かったので、この番神堂にも張り紙をしてほしいと二人に説明して人相書きを手渡した。

「まったく、私たちも怖いなって言ってるんです。ここにはたくさんの人たちがやってきますからね、そんな人が現れたらどうなるか」

おくらが言いながら、熱いお茶を出してくれた。

「お任せ下さいませ。うんと目立つ所に張っておきます」

条蔵は言った。

「それはそうと、ひとつ尋ねたいのだが、二人は大工の多助とおとめの仲人だと聞いたのだが……」

十四郎が突然、多助とおとめの話を出したので二人は驚き、

「あの、二人がこの賊と何か関係があるのでしょうか」

おくらは案じ顔で言った。

「いや、この賊とは関係ない話だ」

運八郎は、おとめが陣屋に駆け込んできた成行きを告げ、二人がどういう経緯で一緒になったのか教えてほしいのだと言った。

「この塙様が、おとめの話を親身に聞いてくれて何とかしてやれぬものかと言ってくれているのだ」

とも付け加えた。

「それはありがとうございます」

おくらは礼を述べると、自分たち夫婦にとって、あの二人はとても身近な存在で、甥《おい》や姪《めい》のようなものだと言い、

「おとめさんは私の亡くなった友達の娘で、多助さんはこの茶店を建ててくれた大工の棟梁の息子さんです。多助さんも両親を亡くしたことで、私たちは甥っ子のように接していたんです」

おくらがそう言うと、今度は粂蔵が、

「ですから、二人は時々ここに遊びに来ておりやした。時には皆で食事をしたりいたしやして……そのうちに、どうやらお互いに気があるようだと分かりやして、それならと一緒にしたんですが……」

それがどうやら別れ話になっているのかと、粂蔵の落胆は大きいようだった。

「いや、まだ決まった訳ではないのだ。なんとか元の鞘《さや》にと考えて、それで二人に話を聞いている」

十四郎は言った。

「所帯を持つと決まった時に約束させたんです。お前さんたち二人の親のつもりで言うんだから、これは守ってもらうよと……どんな事情があろうと添い遂げてほしいと……」

十四郎は頷いて、

「では今度のことで、こちらには相談に来ていないんだな」

二人に念を押した。

「塙様、多助はもともとまじめな男です。外に女をつくるなんて信じられません」

粂蔵がそう言うと、

「いいや、人はどんなことで気持ちが揺らぐか分かりませんよ。お前さんだって何時《いっ》だったたか、どこかのおかみさんに、ふあーってなってたじゃない。そのおかみさんがここにお参りにみえるたびにそわそわして」

おくらが急に昔の話を持ち出したものだから、

「いつまで言ってるんだ。今は多助の話をしているんだ」

粂蔵が口を膨らませる。

「いやね、実は私は少し気になっていたんですよ」

おくらは言った。

つい最近、おくらは町で多助を見かけたが、昔と違って表情が険しかった。少し気になって話しかけようとしたのだが、やくざな男が近づくのを見て、声をかけられなかったのだと言う。

おとめが訴えていた通り、やはり多助は人が変わったようだ。

「その男に見覚えは？」

十四郎が聞く。

「ありません。多助さんにあんな友達は、昔はいなかった筈なんですが」

「ふむ……では、昔の友達を教えてくれぬか」

十四郎は、おくらを、そして粂蔵の顔を見た。


柏崎宿でも納屋町《なやまち》は中心地だ。旅籠《はたご》屋もあるし大きな店も軒を連ねている。陣屋から見渡すと、眼下の右手に広がる町で、北国街道の道筋にあり、佐渡の金を運ぶ要路である。

番神堂の夫婦が教えてくれた多助の昔の友達は、この納屋町の飲み屋の倅で、宇野助《うのすけ》という者だった。

おとめはまだ美里の家に厄介になっていて、いっこうに自分の長屋に帰ろうとはしない。

「気が紛れて助かります」

美里はそんな風に言ってくれるが、一夜だけ頼むなどとおとめを美里に押しつけたまま日が過ぎているのも気に掛かっている。

できるだけ早く多助とおとめの仲を元に戻してやりたいものだと、十四郎は運八郎の案内で納屋町にやってきたのだった。

「ああ、ここだここだ」

運八郎が指差したのは、色褪《あ》せた暖簾《のれん》を掛けた、小さな店だった。

宇野助の飲み屋は納屋町の真ん中あたりにあったのだ。

「ごめん」

戸を開けて中に入るが、まだ時刻は昼を過ぎたばかりで客は一人、隠居姿の爺さんが煮魚をあてにして飲んでいた。

「何にしますか。魚もいろいろ入っていますが」

注文を聞きに出てきたのは、どうやら宇野助のようだった。

他に店の者はいないようだから、一人でやっているようだ。

「宇野助さんだね」

運八郎が尋ねると、宇野助はちょっとびっくりした顔をした。

運八郎は役人だ。その役人が何のために自分の名前を出したのだろうと、いらぬ不安が頭を過《よ》ぎったようだ。

「いやなに、酒を飲みにきたんじゃないんだ。お前さんの友達の多助について聞きたくてな」

　運八郎がそう言うと、

「あいつの何を聞きたいのでしょうか」

　宇野助の表情は硬くなった。

「なに、あんたは一番の友達らしいから。多助の女房のおとめは知っているな」

　十四郎が尋ねた。

「へい、知っています」

　宇野助の声には警戒心が覗いている。

「おとめは今陣屋に駆け込んでいるのだ。多助が変わってしまった、女もいるらしい、だから別れたいと言ってな……」

「………」

　宇野助は困った顔をして座ると言った。

「多助は、女をつくるような男じゃねえよ。もっとも、人が変わってしまったというのはそうかもしれねえ」

「そうか、お前さんもそう感じていたんだな。いつからだ?」

十四郎は丁寧に聞いていく。

「仕事がなくなったって言ってた時があるんだけど、その頃かな。一年前くらいだと思うけど」

「何か仲間内で仕事を干されるようなことでもあったのか」

「多助の親父さんは立派な棟梁《とうりょう》だったんだ。この町の大工たちの頭になって、番神堂の修繕などもやっていた。皆、頭があがらない存在だったんだ。ところがその親父さんが亡くなって、まだ腕も未熟な多助が跡を継いだ。いや、未熟というのは町の大工たちが言っていることで、あっしには未熟かどうか分かりようがねえ。本人だって親父さんの下で、みっちり修業をしてきたんだから、人から言われる筋合いはねえと思ってたんだ。ところがある現場で、そこを仕切っていた棟梁と意見が合わなかった。風当たりは多助に厳しく、生意気だって……それで多助も腰を低くしてりゃあ許してもらえたんだろうが、そうはしなかったんだ。大工は、大きな仕事は持ちつ持たれつだから、そうなってくると声も掛けてもらえなくなって……多助も悪いが、周りの者も悪い。ありゃあいじめだと思うんだ、あっしはね……」

宇野助は、友達のこととはいえ、悩んでいるようだった。

「近頃は会ってないのか……」

「しばらく会ってねえ。最後に会ったのは、去年の暮れだったかな。ここに来て愚痴っていたよ。仕事もない、銭もないのに、おとめさんには暮らしが苦しい、子供も産めねえ、着物も買えねえと愚痴を言われているんだと。それに……」

宇野助は言い澱《よど》む。

「それに……」

「これは、多助もおとめさんには話してないんじゃないかと思うけど、多助の父親と母親は、多助がまだ幼い頃に離縁していたんだ。多助は父親とずっと二人で暮らし、その父親は亡くなったけど、母親が生きていて、この納屋町にいるってことが分かったんだ」

「納屋町の何処《どこ》だ」

運八郎が聞く。

「いや、そこまでは聞いていないけど、病で臥せっていて看病する者もいねえでひとりぼっちなんだって言っていたな。だから俺がみてやりたいって。だけど金がねえって泣いていたんだ」

「多助のやつ……」

運八郎が突然涙を流す。運八郎も母一人子一人だ。

「そうか……そういうこともあったのか」

十四郎は呟いて、

「おとめは多助が家にも帰ってこないと言っていたんだが、母親のところに行っていたのかもしれぬな……ただ」

十四郎は一拍置いて言った。

「よからぬ奴らとの接触もあるのは確かだな」

すると宇野助は言った。

「まさかとは思うが、博打かもしれねえ」

「何処だ、場所は……」

運八郎が険しい顔で聞く。

領内で博打は御法度《ごはっと》になっているのだ。

そうは言っても宿場町に博打と女はつきものだ。陣屋の町の治安を与《あず》かる同心は、やっきになって違反者に目を光らせている。

しかし、そこに多助が顔を出しているとなると救いようがない、運八郎はそう思ったようだ。

「申し訳ねえ、あっしは博打場には行ったことがねえものですから」

宇野助は言った。

八

深夜の陣屋に半鐘《はんしよう》が鳴り、瞬《また》く間に冷たい夜空の下に陣屋の皆が飛び出してきた。

「火事だ、火事だ！」

十四郎と輝馬も、刀を摑んで外に出た。

「あっちだ！……裏の方だ！」

火は役所の裏手の方に見えた。

「水だ！　水だ！」

皆てんでに桶《おけ》をかかえて走っていく。

「まさか、美里殿の」

十四郎と輝馬は、急いで裏手に走っていった。

「退《ど》け、退け！」

表門の方から町火消しの連中が臥煙《がえん》の姿で走ってきた。

梯子、鳶口《とびぐち》、刺股を持った連中が、気勢を上げて燃える長屋に挑んでいく。

その間に、役所の役人たちも、袖まくりして水を運び、燃えさかる炎に水を掛けていく。

ようやく鎮火の気配となって、

「美里殿の家は免《まぬか》れたようですね」

輝馬が言ったその時、

「塙様、深井様……」

美里とおとめと仙太郎が、よろよろと走ってきた。

「無事だったか、よかった。心配しましたぞ」

十四郎は言った。

「仙太郎ぼっちゃんが先に気付いたんです」

おとめは興奮した顔で言う。三人とも髪は乱れ、顔は煤《すす》で汚れている。

火消しは朝方まで続いたが、発見が早かったのか、一軒は丸焼けだったが、両脇二軒は小火《ぼや》で済んだ。

美里の長屋は小火で済んだ家の隣で、煙にまかれて家の中は火事場の臭いに包まれてはいたが、類焼は免れて皆ほっとして仮寝となった。

朝方になって、火事は火付けで、犯人はおとめの亭主じゃないかと噂がぱっと広まった。その理由は、夫婦喧嘩をしている女房が家を逃げ出して陣屋内に匿《かくま》われていると知った亭主が、腹いせに火をつけたのだというものだった。

さすがのおとめも、

「多助さんは、そんなことをする人じゃありません！」

十四郎と輝馬に訴えると、美里の止めるのもきかずに泣きながら陣屋を走って出ていった。

「酷いことを言うもんだ」

運八郎も怒る。

「運八郎、おとめの家は知っているな。連れていってくれ」

十四郎はすぐにおとめを追った。

運八郎の案内で、鵜川橋の手前にある町の多助とおとめの住まいに到着すると、おとめは家の上がり框《かまち》で呆然と座っていた。

「おとめ……」

運八郎が呼びかけると、

「あの人、ずっと帰ってないようなんです。私が家を出て陣屋にご厄介になっていることなど、どうでもいい……私のことなどどうでもいいんです。だったらなぜ、別れないぞ、なんて言ったのか……」

おとめは、がらんとした部屋を見渡した。

めぼしいものは何もない。箪笥《たんす》もない、着物もない。薄い布団が畳んであるだけの、つつましい二人の暮らしが、埃《ほこり》をかぶったようにあった。

「おとめ、いずれ話そうと思ったんだがな」

十四郎は、おとめの横に腰を据えると、

「お前は、多助に母親がいるのを聞いたことがあるのか」

静かに聞いた。

おとめは首を横に振った。

「あの人には父親しかいなかったんです。その父親も亡くなっていますからね」

「いや、母親はいたんだ。昔両親は離縁していた。その母親が病で臥せっているのだ、この柏崎の町でな」

「まさか……」

おとめは絶句して十四郎の顔を見た。

「多助は友達の宇野助に打ち明けていたようだ。看病してやりたいのに金がねえと……」

十四郎のその言葉を受けて、運八郎が言った。

「おとめさんよ、多助はおっかさの所に行っているんじゃねえのか」

「まさかまさか……」

「お前さんには言えないから、多助は一人で悩んでいたんじゃないのかね」

「……」

「多助はもともとまじめな男だ。おっかさのことをお前さんに話せば苦労をかける。おっかさのことは自分の問題だから、お前さんには言えねえと……俺はそんな気がするな。俺だって嫁を貰えば、やっぱりおっかさのことでは気をつかうだろうからね。まして多助は、母親がいるなんてことは、話してなかったんだから、言えねえよ、すぐにはよ……ただでさえ、甲斐性なしだって自分でも思っているんだから……」

「……」

おとめは哀しげな目で、膝の上で結んだ手を睨んでいる。

十四郎は、宇野助の店で聞いた話を、おとめにしてやった。

おとめの双眸から涙が落ちる。

するとそこへ、小綺麗な四十前後の女がやってきた。

「こちらは多助さんの家でしょうか」

「あっ」

おとめは、涙を拭いて立ち上がった。

「『今井屋《いまい》』のおいねさん」

運八郎は驚いて言った。

「まあ、運八郎さんではありませんか」

おいねと呼ばれた女は、にこにこして運八郎に頭を下げた。

今井屋というのは、柏崎でも随一の呉服屋で、陣屋にも出入りすることを許されている店《たな》だ。そしておいねは、今井屋の内儀《おかみ》なのだ。

「よかった、おとめさんですね。何度か来てみたんですが、多助さんはいないし、どうしようかなって、困っていたところなんです」

「あの、何か御用でしょうか」

おとめは聞いた。無理もない。大店《おおだな》の呉服屋など、おとめには一生関わりのない店だと思っているからだ。

嫁入りの時の木綿の着物だって、二着とも古着屋で買ったものだったのだ。

「いえね、多助さんが、大金が入る目処がたったから着物を買いたいって店にやってきたんです」

おいねは言った。

「まさか、大金なんて……」

おとめは、ちらと十四郎を見て苦笑した。

「ほんとに多助がそんなことを言ったのか」

運八郎も笑いながら聞く。

「はい、大まじめで……女房に買ってやるんだと……今年で所帯を持って五年、あいつには苦労させてきたからって」

「多助さんがそんなことを……」

おとめの目から涙が零《こぼ》れ落ちる。

「塙様、私、この家で多助さんの帰ってくるのを待ちます」

おとめは言った。

火付けをしたのは多助ではないか――。

火消しが一段落し、役所の大広間に集まった役人たちは、安易に多助の名を出して罪を被《かぶ》せようとしていた。

だが、これに十四郎や伊原や運八郎などが立ち上がって、これまでの経緯を説明し、多助はそんな人間ではないと説得した。

「この陣屋は、柏崎の者たちにしてみれば、頼りになり、誇りでもある大切な陣屋だと私は思う。実際ここに来て、領内を回ってそれは強く感じている。そういう町の人たちの気持ち、百姓たちの気持ちを疑うような発言はいかがなものか。私が生意気なことを申しては気分を害するかもしれないが、どうか、領民を疑うより先に、どうして空き屋で火事が起きたのか、実証に基づいた結論を出していただきたい。私は多助が火を付けたとは、これっぽっちも思っていない」

十四郎は立ち上がって毅然として言った。

すると運八郎が立ち上がり、幼い頃に別れた母親の面倒をみてやりたいのだと友人に話していたことも披露し、そんな人間が、おとめが陣屋に駆け込んだというだけで火付けをするだろうかと訴えた。

一同はしんとなって聞いていた。

「塙殿の言う通りだ。われらが領民の善根を軽々しく疑うなどということは、あってはならない」

代官の市田金之助が声を上げると、一同はしゅんとなった。

思いがけない恐慌に出合うと、人は手近な者に責めを着せたがる。皆そのことに気付いたようだった。

すると代わりに、今領内を荒らし回っている賊ではないかと言い始めた。

あれ以来、賊はいずれの村にも現れてはいない。杳《よう》として行方が分からないままだったのだが、

「まさか領内から出ていった訳ではあるまいな」

誰かが期待を込めてそんな話が出ていた今日この頃だ。

だが、賊が火を付けたというその推理も、わざわざ危険を冒して陣屋に入り込み、火付けをする筈がないという話になった。

話が二転三転しているところに、

「仁助《にすけ》の姿が消えています」

中間の一人が報告に来た。

「女房がいただろう、何処に行ったのか聞いてみろ」

代官の市田が言った。

だが答えはすぐに返ってきた。

「女房もいません。荷物も全部持ち出しています」

「何……」

市田は驚いた。

すると役人の一人が立ち上がった。

「市田さん、仁助には以前からとかくの噂がありました。米蔵の米や大豆をちょろまかしている、炭を勝手に使っている、舂《つ》き米を頼まれると一升《しょう》は着服していると……」

すると別の役人が言う。

「町の高利貸しに借金をしていると聞いている。仁助自身も首が回らないとこぼしていましたからな」

陣屋の米蔵は少し離れた場所にあるが、そこには収穫した大量の米が保存されていて、江戸の上屋敷や本藩の白河、また大坂の米商人などに送られるのだが、陣屋の役人の給金は、この蔵から下げ渡される。

江戸の幕府の米蔵などには、新米と古米の俵があって、御家人《ごけにん》などは新米の美味しい米がもらえるとは限らない。

ところがこの柏崎は米どころである。陣屋の役人は、そのほとんどが十石前後の薄給の人たちだが、下げ渡される米は新米だ。

常に美味しい米を食べている訳だが、この米をくすねて売れば、結構な金になる。

また炭は、陣屋内の炭蔵に積んであり、必要な分だけ貰って、節季《せっき》ごとにその支払いをすることになっているのだが、炭も貴重な燃料で、これもくすねて町に売りに行けば金になる。

そして舂き米の話だが、蔵から下げ渡された米は、舂《つ》かなければ食べられない。そこで中間や小者に頼む訳だが、仕上がった白米と糠《ぬか》は、通常全部頼んだ者に渡すのだ。糠だって漬け物をはじめ、いろいろ使える。

ところが仁助は、仕上がった白米のうちから、何合《ごう》かをくすねて持ち帰り、頼み主には、これだけ目減りしたなどと嘘をついて渡しているというのであった。

中間は一石とか二石の手当だ。無理もないといえばそうだが、

「あんまり横着《おうちゃく》が過ぎるので、お役所に突き出すと言われていたようですからな。腹いせに空き屋に火を付け、女房ともども出奔したのかもしれませんぞ」

別の役人が立ち上がって市田に報告した。

皆それで静まり返った。

火付けの罪は重い。しかし仁助の境遇には同情すべきところもあるからだ。

「分かった、今日はこれまでとする。今一度火付けの現場を調べてくれ」

市田がそう皆に伝えたその時、

「塙様……」

背後から呼ぶ声がする。

振り返ると、役所の大広間の入り口から、宇野助が覗いているではないか。

十四郎は立ち上がって、宇野助がいる入り口に出た。

「多助を納屋町の賭場で見たっていう者がおりやしてね」

宇野助は小声で告げた。

「何時《いつ》のことだ」

「数日前です。見たこともねえ男たちと一緒だったそうです」

「何……見たこともない男たち?」

「話では坊主頭の男もいたっていうことです」

「何……」

「あっしも、ひょっとして領内を荒らしている奴らかなと思ったんですが、そんな奴らとなぜ多助がいるんだと、間違いじゃねえかとも思ったんですが」

「分かった、宇野助。教えてくれ、その賭場を」

十四郎は険しい顔で言った。

九

宇野助が教えてくれた賭場は、納屋町の小間物屋の二階にあった。

十四郎と輝馬、伊原太一郎と田中運八郎は、差し向かいの紙屋の二階で、もう三日張り込んでいた。

食事は宇野助が、握り飯や熱い汁を運んでくれている。宇野助も多助のことが案じられてならないようだった。

「しかし、これほど冷えては、体に堪《こた》えますすな」

輝馬が、握り飯を頬張りながら言う。

皆、綿入れの半纏《はんてん》を着ているのだが、やはり夜間は足も手も冷えて冷たい。

部屋の隅には布団が敷いてあって、代わる代わる休むことにしているのだが、常に気が張っている状態だから、皆疲れを感じ始めていた。

古着屋には、夜の五ツ（午後八時）あたりから、人の目を避けるようにして男たちが集まってくる。

「なんだ、あの男まで……」

張り込んでいると、想像もしなかった者がやってきたりして、伊原も運八郎も、そのたびに驚くのであった。

「来た……」

この日の夜の四ツ（午後十時）、見張っていた運八郎が声を上げた。

十四郎と伊原は横になっていたが、飛び起きて窓辺に寄った。

「多助です」

運八郎が教えてくれた。

薄暗い小間物屋の表で、半纏を着込んだ男が、小さく戸を叩いてから入っていった。

「よし」

伊原が立ち上がったが、

「待て。もう少し様子を見よう」

十四郎が制した。

「多助は入った、それはいい。だが、坊主の宗俊が来るかもしれぬ。宗俊が入ってからでも遅くはない」

「裏手に逃げられやしませんか」

伊原が言ったが、

「いや、裏手は行き止まりになっていた。今日調べてきたのだ」

輝馬が言う。

四人はそれから半刻ほど、息を詰めて待った。

はたして、闇の中から坊主頭が現れた。

「宗俊だな……」

伊原が言う。

「よし、坊主が入ったら踏み込む。俺と伊原さんと運八郎が入る。深井殿は表を塞いでくれ、万が一のためだ」

「承知した」

輝馬の相槌《あいづち》で四人は刀を腰に差し、半纏を脱ぎ捨てると、急いで階段を下りた。

そして輝馬が表で足を広げて立つと、十四郎たちは雨戸を蹴飛ばして中に走り込んだ。

階段を走って上り、

「動くな！」

伊原が大声を上げた。

博打場は一瞬凍り付いたが、次の瞬間、坊主が窓を開けて飛び出した。

「逃げたぞ！　深井殿！」

運八郎が叫ぶと、自分も部屋を出て階段を駆け下りていった。

「皆、両手を上げて壁に寄れ」

十四郎の一喝で、町人や職人たちが壁に移動する。

だが、隙をついて多助が、坊主が飛び出した窓に走った。

「待て！」

十四郎は走り寄ると、多助の襟を摑んで引き据えた。

「放してくれよ！　放せよ！」

「お前には聞きたいことがある。一緒に陣屋に来てもらうぞ」

「話すことなんてねえ、俺は初めてここに来たんだ」

「そうではあるまい。お前はあの坊主とつるんでいるのじゃないのか」

「知らねえよ」

「あの坊主はな、関八州から追われている極悪人だぞ」

「知らねえって！」

うそぶく多助を、

「たっぷり話を聞かせてもらうぞ、来い！」

と引っ張って階下に下りると、

「塙殿、すまない、取り逃がしてしまった……」

輝馬と運八郎が近づいてきた。

「ふん……」

それを聞いた多助は鼻を鳴らしてそっぽを向いたが、その多助の目に入ったのは、薄明かりの中に立ち、じっと多助を見ている男女の姿だった。

男は友人の宇野助で、女は女房のおとめだった。

二人が足早に近づいてきた。

「お前さん……」

おとめが声を掛けたが、多助は横を向いたまま見向きもしない。

その横顔に、おとめは言った。

「ごめんね、多助さん。あたし、なんにも知らずにいろいろ酷《ひど》いことを言って……あんたのいない家で、私、ずっと考えていました。子供が欲しい、着物が欲しいと、無理ばかり言っていたのよね。それなのに、あんたはおっかさのことで悩んでいたってこと知って……ごめんなさい、でも、話してくれればよかったのに……あんたのおっかさなら、私にとっても、おっかさ……ねえ、何を考えているのか知らないけど、こんなところに来るのはやめて、二人で頑張って、そして、私にもおっかさの看病させて下さい」

「お前には関係ねえよ」

多助が顔を背けて、突き放すように言った。

「馬鹿野郎！」

宇野助が飛びかかって、多助の頬を張った。

「何するんだよ！」

多助が毒づく。

「それはこっちの言う台詞《せりふ》だよ。おとめさんとお前のことについては、ここにいる塙様たちが、なんとかしてやろうって、それでこうしてここに張り込んでいてくれたんだ。それに、博打だけの話じゃねえ。お前は、ひょっとしてつまらねえ奴らとつるんでいるんじゃねえかって、みんな心配しているんじゃねえか。そんなことも分からねえ奴なら、何発でもなぐってやらあ！」

宇野助の剣幕に、多助は目を見開いて睨んでいたが、やがてその目に涙が光った。

「すまねえ……」

多助は頭を垂れて言った。

次の瞬間、多助は膝をつき、声を殺して肩を震わせた。

「多助……」

十四郎が多助の肩に手を置いて言った。

「まだ間に合うんだぞ」

役所の座敷の片隅に、二つの燭台《しょくだい》が炎を上げている。

その光の中に、多助を前に置いて十四郎が座り、周りを代官の市田金之助、勘定人の伊原太一郎、郷手代の田中運八郎、そして深井輝馬が取り巻くように座った。

「さあ、多助、お前の知っていること、何をしようとしていたのか、包み隠さず話してくれ。何度も言うが、それが、おとめと元の鞘《さや》に戻れることに繋《つな》がるんだ。分かっているな」

諭すように十四郎が念を押すと、多助はこくりと頷いて、

「お恥ずかしいことですが、順を追ってお話しいたしやす」

硬い表情で十四郎の顔を見た。

「うむ」

十四郎は腕を組んだ。

「おとめが騒ぎを起こしてこの陣屋にお世話になったようですから、あっしが仕事がなくて、暮らしの金にも困っていたことは旦那方はご存じだと思いやす。あっしが賭場に通うようになったのも、そういうことが原因なんですが、ある人から、幼い頃に別れたおふくろが臥せっていると聞きやして。初めは、自分を置いて父親と別れたような母親に会いに行くものかと思っていたんですが、人の血の繋がりっていうのでしょうか、だんだんとひと目会いてえと……ものごとがうまくいってねえから、余計にそう思ったのか……母親の顔を見れば、すさんだこの気持ちも少しは落ち着いてくるかもしれねえ。そう思うようになりやして、話を聞いていたおっかさが臥せっているという家に行ったんでさ……」

多助はまずそのように口火を切った。

多助の母親は、おふねと言った。

別れたのは遠い昔のことだ。どんな顔をしていたのか、背は高かったか低かったかなど、多助は何も覚えてはいない。

たったひとつ覚えていたのは、母親の胸に抱かれた時に、乳の匂いに似た良い香りがしたことだった。

父にも人にも言えなかったが、夢の中では母親に抱かれているのは何度か見ている。ただし、いつも母親の顔はぼやけて定かではなかった。

多助の中にずっと住み着いている母親の不確かな面影と、実際の母親の顔はどうなのか、期待や怖さや、さまざまな気持ちが混じっていることも事実だった。

言ってみれば、母親のことは何も知らないに等しかった。

多助は、おふね、という名を頼りに納屋町の横丁を入って、畑の広がる手前にある、薪を積み上げた小屋のような家を覗いた。

小屋の中は冷たかった。外気が遠慮なく入ってきている。火の気はなかった。

「……………」

小屋の中の奥に三畳ほどの部屋があって、そこに初老の女が臥せっていた。

「だ、だれ?」

息苦しそうな声で多助に言った。

「おふね、さんなのか……」

こわごわ聞いた。初老の女は小さく頷き、

「どなたですか……」

顔だけ向けて聞く。体を起こすのが難儀なようだ。

「多助ですよ」

「多助……」

おふねの表情に驚愕が走った。

「覚えていませんか、昔別れた大工に倅がいたことを……」

なぜか少し嫌みな言い方になっていた。あれほど恋しさが募って捜してここにやってきたというのに、自分の口から出る言葉には、少しも温かさがなかった。

だが、おふねは、

「ああ、多助……多助かい。大きくなって……会えるとは夢のようだよ……夢じゃないよね、夢じゃないよね」

半身を起こして、頬をつねりながら多助の姿を食い入るように見た。

「いったいどうしたんだい、こんなところで一人で……」

多助は小屋の中を見渡した。

「身から出た錆《さび》さ……」

おふねはそう言うと、多助の父親と別れたあと、内陸の他所の国に流れていっていたが病になって、やはり死ぬなら柏崎だと、それで帰ってきたんだと、これまでの長い時間をさらっと、たったそれだけの言葉で告げた。

「やっぱり海が恋しくてね。この柏崎の海なりが好きなんだよ。海なりを聞きながら最期を迎えたいと思ってね……」

おふねは苦笑して、海なりの音を探すように耳を傾けた。

——海なり……。

多助も耳で海なりを追った。

日頃の暮らしで気にもとめなかった海なりが、多助の耳に聞こえてきた。単調だがその音色は多助の胸をしめつける。切ない思いに満たされていく。

だが多助は、慌てて平然とした顔でおふねに告げた。

「そうだったのか。だが、ひとつ断っておくけど、俺は面倒はみてやれねえんだ。女房もいるけど、おふくろがいるなんてことは話してないんだ」

おふねは苦笑して言った。

「そんなことを言う筈がないだろう。お前を置いて出ていった薄情な母親だ。おっかさんのことは、今日を限りに忘れておくれ。あたしはね、こうしてお前に会えただけでも、ほんとうに嬉しいんだよ。生きていてよかった、ここに帰ってきてよかったと思ったよ……」

再会はそうして終わったのだが、多助は帰り際に、おふねからくしゃくしゃの懐紙に包んだ物を渡された。

「それがこれです」

話し終えた多助は、懐からその懐紙を出して、十四郎の前に置いた。

「見てもいいんだね」

十四郎は多助が頷くのを待ってから、懐紙を開いた。

「これは……！」

懐紙の包みの中には、金一朱《しゅ》が入っていた。

「母親らしいことはなにひとつしてあげられなかったんだ、これは所帯を持ったお祝いだと言って……あっしは突き返したんだけど、後生《ごしょう》だから貰ってくれって……医者にも診てもらえず、火の気もない小屋で寝こんでいる母親から貰える訳がねえって言ったのに、これで私は思い残すことがない、そう言うものですから……」

多助は声を震わせた。

十四郎も他の者も、じっと多助を見守った。

やがて多助は、涙を腕でぐいっと拭くと、

「優しい言葉のひとつも言えないまま、あっしはおっかさのところから逃げ帰るようにして帰ってきたんだ。だけど、だんだんと銭さえあれば、おっかさに孝行できるのにと思うようになって……」

「それが賭場通いだったというのか……いや、それだけじゃないだろう、あの坊主の仲間になった……違うか？」

十四郎が厳しく糾す。

「仲間じゃねえけど……」

多助が言葉を濁すと、

「あいつは関八州から追われている大悪党なんだぞ。知っているのか……」

十四郎は問い詰める。

「いえ……」

多助は否定したが、一拍置いて、

「悪い奴だってことは分かっていました。分かっていて、あっしはあの男に、佐渡の御用金《ごようきん》を納屋町が昨年預かった話を漏らしてしまって……」

「何！」

驚愕したのは市田金之助だけではなかった。伊原太一郎も田中運八郎もひっくり返りそうになるほど驚いて顔色を変えた。

佐渡の金銀を江戸へ搬送する経路は、まず佐渡から出雲崎《いずもざき》まで船で三刻（六時間）ほどかけて渡り、出雲崎に上陸すると北国街道を馬と荷車で運んで江戸に十日ほどかけて到着する。

出雲崎では様々な仕度があるので二泊し、それから柏崎を通過して鉢崎《はっさき》で泊まるのが近年は常だった。

昔は柏崎の納屋町で宿泊していたのだ。それが少し先に足を延ばして一泊となったのだが、事情が何かある場合には柏崎の納屋町で一泊した。

金銀の輸送はこのところは年に一度、海の荒れ具合、天気の様子などを見て、季候のいい日を選んで運ぶ。

昨年は春を過ぎた頃に金銀を運ぶ列が通過することになっていたが、休憩所となっていた納屋町の旅所《たびしょ》で思いがけないことが起こった。

文化《ぶんか》年間より金銀の産出量はおよそ年間一千貫《かん》弱となっている。慶長《けいちょう》の頃は二千貫以上採れていたものが、近年は地下水の処理が難しくなって以前のようには採れなくなったのだ。

それでも昨年は金銀合わせて九百貫あり、九十箱に詰められ、七十の馬の背に乗せ、荷車に乗せて街道を江戸に向かった。

宿場宿場で人足を出すことになっているのだが、柏崎に入った時に、十人ほどの人足が高熱を出して倒れた。

道中の奉行役も体調を崩し、鉢崎までは無理だと納屋町で一泊した。

宿場の本陣でもあり名主でもある庄兵衛《しょうべえ》の宿で一泊したのだが、この金銀の荷物をいったん下ろして、また積み込むという作業は繁雑を極める。

搬送隊の人足の体調が悪くなったことと、慣れない納屋町での作業で、一行が翌日出立《しゅったつ》したあとに、銀十貫の箱が取り残されていたのである。

気がついたのが、一行が江戸に着く頃だというお粗末な話で、銀箱は一年間納屋町で預かり、今年の搬送の時に一緒に運ぶことになったのだった。

しかも、昔使っていた町の御金蔵が壁が壊れていて使用できず、急遽《きゅうきょ》名主の庄兵衛の家の蔵で保管することになったのだった。

それを知っている者は、陣屋の者と当時名主の家の手伝いに駆り出されていた者たちだけだ。

多助も苦役《くえき》で出ていたから、その経緯は知っていたのだ。

ただし、外には絶対漏れないように、箝口令《かんこうれい》が敷かれている。

多助は坊主に、その話を漏らしたというのであった。

「馬鹿者。お前は、悪党たちに御用金を奪えと言ったのと同じじゃないか」

伊原太一郎が怒鳴った。

「……」

多助は、しゅんとなっている。

「お前は奴らに奪わせて、自分もおこぼれを貰おうと考えたのか」

十四郎が聞く。

「いえ、そんなつもりじゃ……あっしが当時苦役だったことを誰からか聞いていたようでして、当時のことを詳しく話せ、さもないと殺すと脅されて……」

多助は、ますます小さくなった。

「もしも実際、銀箱が盗まれたら、お前は死罪だぞ」

代官の市田も顔を赤くして叱った。

「多助、お前が助かる道はひとつ。奴らが何時、手に入れようとしているのか、吐け。奴らを一網打尽《いちもうだじん》にできれば、お前の罪は問われまい」

十四郎の言葉に、多助は顔を上げて必死な表情で言った。

「ここ数日のうちにやると言ってました。あっしは見張りをしろと言われております。連絡がきたらお知らせしやす」

十

三日後の夜、十四郎たち陣屋の役人、町の治安に携わっている同心たち、そして柏崎宿の宿役人たち、総勢三十人ほどが、納屋町の庄兵衛の旅籠を遠巻きに取り囲んだ。

十四郎たちは、旅籠の表が見える差し向かいの店に身を潜めたが、そこから多助が表に立っているのが見えた。

しんしんと冷える真夜中、聞こえてくるのは海なりばかり。息を殺して庄兵衛の宿を見詰めていると、多助が月明かりの中で手を振っている。

坊主の宗俊たちに合図を送ったのだ。

すると、どこからともなく三人が音も立てずに走ってきた。

総髪の男が旅籠の戸をなんなく外すと、三人はするすると中に入った。

「それ！」

十四郎の合図で、十人ほどの者たちが一斉に旅籠の中に走り込んだ。

「くそ！」

総髪の男が声を上げた。

表から入った十四郎たち十人の他に、中で待機していた輝馬他十人が、龕灯《がんどう》を一斉に三人に向けて挟むように構えて立っているのだから驚くのも無理はない。

その光の中に、醜悪《しゅうあく》な三人の顔が映し出されている。

十四郎は素早く、総髪の男の着物の袖が切り取られているのを見た。

美里が夫の敵《かたき》の品として持っていた、あの小袖の袖に間違いなかった。

裏庭には代官の市田ほか十人が逃げ道を固めて待ち受けていて、その気配が聞こえてくる。

庄兵衛はじめ旅籠の者は、今夜は別のところに避難しているから、賊三人は入ってきたものの、待っていたのは輝馬たち役人だった。

賊三人と、十四郎たち捕り方は睨み合った。

「謀《はか》ったな。許せねえ！」

髪を後ろに垂らした男が叫んだ。

十四郎が一歩前に進み、

「お前たちの素性は分かっている、関八州を騒がしてこの越後に入り、一月前から領内の村々を荒らし、陣屋の役人に大怪我を負わせ、また無慈悲にも殺害した極悪人ども。元は修行僧だった宗俊、浪人の久坂久三、祈禱師あがりの無宿人斎太郎、神妙にしろ！」

一人一人の名前を呼んで言い放った。

「やっちまえ！」

浪人の久坂久三が刀を引き抜いて叫んだ。

宗俊も斎太郎も、匕首を引き抜いた。

十四郎たちも刀を抜いた。

龕灯の明かりの中で激しい死闘が始まった。

久坂が斬り開いて表へ出た。

「待て！」

十四郎も表に飛び出した。

「容赦はせん」

十四郎は正眼に構えて立った。

久坂久三は、刀をだらりと下ろして腰を落とした。

不気味な構えだった。

耳に飛び込む旅籠の中の死闘の音と声を聞きながら、十四郎は右に動いた。

すると、久坂も動いた。

「ふむ」

十四郎は一歩下がった。するとと久坂も一歩進める。

その時だった。引いたとみせた十四郎が一歩前に足を出した。

一足一刀の間合いに入ったその時、十四郎が撃った。誘いの一打だった。

案の定、久坂は十四郎の一打を撥ね上げるようにして剣を立てると、上段より撃ち込んできた。

十四郎はその剣の下に飛び込んだ。反転して久坂の剣を撥ね上げると、次の一打が落ちてくるより先に、十四郎の剣は久坂の肩口を突き刺していた。

「ぐっ」

久坂は刀を落として崩れ落ちた。

その喉元に素早く剣先を突きつけると、

「敵を取ってやりたいが、お前には磔《はりつけ》獄門《ごくもん》が待っている。命はいまここではとらぬ。だが、その命の代わりに！」

十四郎は男の右腕を斬り落とした。

「ああっ」

薄闇の道の上に、久坂の腕の先が転がった。

「塙殿……」

旅籠の中から、輝馬や伊原が、宗俊と斎太郎に縄を掛けて出てきた。

遠くの物陰から、多助がほっとした顔で見詰めていて、その場にくずおれるのが見えた。


賊三人は面体《めんてい》を陣屋で確認したのち、牢屋にいったん入れ、捕縛してから三日目の今日、早々に唐丸籠《とうまるかご》に乗せられて江戸に向かったが、それを見届けようと近在からも領民たちが続々と駆けつけた。人々の間には安堵の念が広がっている。

十四郎と輝馬も、むろんその様子を見届けたが、その後、美里の長屋を二人して訪ねた。

「美里殿、奴らはこれから江戸の評定所《ひょうじょうしょ》で厳しい詮議のあと、市中引き回しの上獄門となるのは間違いないと存ずる。これで亡き御亭主も浮かばれる」

輝馬は言った。

すると十四郎が、半紙に包んだものを美里の膝前に差し出した。

「これは……」

美里が尋ねる。

「ご亭主の命を奪った久坂久三の髻《もとどり》でござる」

「！……」

まがまがしく見える敵の髻を、美里は食い入るように見詰める。

「勘定頭に頼み、拙者が切り取ったもの……」

そう言って十四郎は、今度はひたと仙太郎を見た。

仙太郎は、ぎくりとして顔を伏せた。

実は一刻前のこと、唐丸籠を見送る人々の中に、久坂に一太刀浴びせようと今にも飛び出しそうな仙太郎を十四郎は見た。

すばやく仙太郎に近づいて、その腕を摑んで事なきを得たのだが、十四郎はその時、仙太郎の小さな胸に燃え続けている怒りの炎を見たのであった。髻を切り取って美里母子に届けようと考えたのは、そのことがあったからだ。十四郎は仙太郎に静かに言った。

「仙太郎、これを父上の墓前に供えるのだ。墓前に供えて報告したら海に捨てろ。お前の怨念も一緒に捨てるのだ」

「海に捨てる……」

仙太郎は、くりくりした目を上げた。

「敵討ちなどという執念も、それできれいさっぱり捨てるのだ」

きっと十四郎を見詰める仙太郎の耳に、風に乗って海なりが聞こえてくる。十四郎は言葉を継いだ。

「あの海が、お前や母上の無念を受け止めて、このにっくき男の髻を海のもくずとしてくれようぞ」

「塙様……」

美里が両手をついて頭を下げた。その手の甲に涙がこぼれ落ちる。張り詰めていたものを一気に吐き出すように美里は泣いた。

その姿は、気丈な美里だっただけに痛々しい。

十四郎と輝馬は、しばらく見守っていたが、やがて涙を拭いて顔を上げた美里に輝馬は言った。

「美里殿……私たちも近日中にはここを去ります。滞在中には食事のことなど世話になりました。もし江戸に参るようなことがありましたらお知らせ下さい。私と塙殿でご案内します」

「ありがとうございました。心よりお礼を申します」

美里は笑みをみせてくれて、そう言った。

まもなく二人は、美里の長屋を出て自分たちの長屋に戻った。

これから荷物をまとめ、使った部屋の後片付けもしなければならない。

だが十四郎は、ふと多助とおとめのことが気になった。

多助は罪を問われずに済んだ。それはいいのだが、あの後どうしているのか、二人の仲は戻ったのか。

するとそこに、十四郎が呼び寄せたように多助とおとめがやってきた。

「塙様、深井様、お世話になりやした。ご出立の前に、きちんとお礼を申し上げておかなければと参りやした」

二人は殊勝《しゅしょう》な顔で、その手にはするめをぶら下げている。

「このするめ、江戸に帰る途中の宿で、酒のあてにして食べてみて下さい。肉厚で美味しいです」

二人は上がり框に腰を掛けると、持ってきたするめを差し出した。

「うまくやっているようだな。安心したぞ」

十四郎は二人の姿を眺めてほっとした。

「へい、ありがとうございやす。おとめと仲良くしなくちゃあ、おっかさに叱られる」

多助は頭をかいた。

「そうか、おとめは多助のおっかさに会ったのか」

十四郎もつい「おっかさ」と言った。江戸ではおふくろさん、お母さんと呼ぶが、こちらでは武士も町人も、おっかさと呼んでいる。

「いえ、おとめはおっかさには会えなかった……」

多助は哀しげな顔になる。

「何……」

「おとめを会わせてやりたいと連れていったら、もう危篤状態で……」

多助の話によれば、二人で小屋を訪ねると、小屋の持ち主だという百姓の夫婦が、おふねの最期を見守っていた。

「おっかさ、おっかさ……」

多助が名前を呼んだが、母は再び多助の顔を見ることもなく息を引き取ったのだ。

だが、百姓夫婦の話によれば、母のおふねは、

「ここに帰ってきてよかった……倅に会えたんだもの、あたしは幸せだ」

そんなことを口走っていたと、多助は告げられたのだった。

「あっしも……」

多助は言い淀み、唇を嚙みしめると、懐から一朱金を摘《つま》み出し、掌の真ん中で小さな光を放っているように見える小さな金の塊を見詰めて、

「おっかさの形見だ。これをお守りとして、頑張りやす」

ぎゅっと握って十四郎の顔を見た。

「そうだ、その通りだ。それで、葬儀は済んだのか」

「はい。おっかさは、自分の後始末を百姓夫婦に頼んでいたんです。一両の金を添えて……」

「そうか……」

「おっかさが亡くなって、初めておっかさがどんな暮らしをして生きていたのか知りやした」

多助は言った。

百姓の女房が、おふねの幼馴染みだったようで、話は聞けたのだが、多助の父親と別れたおふねは、街道筋のあちこちの宿場で女中をしながら糊口《ここう》を凌《しの》いでいたらしい。

「小綺麗な人だったからね。一緒になろうと言ってくれていた人も何人もいたのに、誰にも靡《なび》かなかったんだよ。きっと多助さんの父親のことや、多助さんのことを考えていたんじゃないかしらね。そういう意味でも、おふねさんは潔《いさぎよ》い人でした。男に頼らなきゃ生きるのが大変なこの時代に、一人で生き抜いた。自分の始末も自分でしたんだ」

百姓の女房は、多助にそう言ったのだという。

「多助には立派なおっかさがいた。またお前たちには宇野助がいて、番神堂の茶屋の夫婦がいる。その人たちの気持ちを裏切るようなことはしないと約束してくれ」

十四郎は二人の顔を見た。

「へい、塙様に誓いやす。近々、宇野助にも番神堂の茶屋にも、心配を掛けたことを詫びに顔を出そうと思っておりやす」

多助はそう言うと、おとめと顔を見合わせた。

十一

柏崎出立の日、十四郎と輝馬は番神堂の粂蔵とおくらを訪ねた。多助夫婦のことを知らせてやりたかったのだ。

母親のおふねが生きて柏崎に帰ってきていたことや、しかし病で亡くなったことも伝えると、

「おふねさんと会えたんですか……」

それはよかったと言い、多助の父親とおふねが昔別れたのは、どちらが悪いという訳ではなく、姑《しゅうとめ》との折り合いが悪かったのだと教えてくれた。

多助の父親は、母親の意見を聞いておふねと別れたものの、やはり心を痛めていたらしく後添いは貰わなかった。

「そういう事情だったからね。最期に多助さんに会えたなんて、多助さんのおと、

っさも、あの世できっと喜んでおりますよ」

おくらは言った。

「二人とも達者でな」

引き揚げようとする十四郎と輝馬に、

「ちょ、ちょっと待って……」

おくらは店の奥から、竹皮に団子を包んで持って出てきた。

「江戸までは遠いというじゃないか。これを食べながら帰っておくれ」

輝馬の手に渡す。

「おくらさん、いいのか……せっかく作った商売の団子じゃないか」

輝馬が笑ってそう言うと、粂蔵は細い目をさらに細くして、

「喜んでいただけたら嬉しいんです。陣屋の人たちも皆うちに立ち寄ってくれます。あっしたちは、陣屋の皆様が、この柏崎の町を守って下さっているのを感謝しているんですから」

「では、遠慮なく……」

二人は夫婦に礼を述べ、最後に番神堂の境内から海を眺めた。

春になれば少しずつ海の色も変わっていくと聞いているが、眼下に広がる海の

色は、まだ暗色《あんしょく》が勝《まさ》っていて、だからこそ打ち寄せる波の白さが際立って見える。

「塙様、深井様」

その時、背後で声がした。

振り返ると、美里と仙太郎が立っていた。

「今日お発ちになるのですね」

美里が近づいてきて言った。

「われらのお役目は終わりましたので」

十四郎が笑って告げると、

「お名残惜しく存じます」

美里は言った。

「そなたたちも、まもなくここを発つのではないのか」

輝馬が笑みを見せて尋ねると、

「はい。白河に帰ってきてもいいとの報せは頂いておりますが、いろいろ考えた末に、わたくしたち母子は陣屋に残れないものかと要望書を出しました」

美里は言った。その顔に迷いは見られない。

「何……ここに残るのか」

十四郎は驚いた。

一月近い陣屋暮らしの中で、白河から赴任してきている者たちは、本藩に帰りたいと思いながら暮らしていると聞いていた。

風光明媚《ふうこうめいび》で食べ物にも人の情にも恵まれたこの土地だが、やはり郷愁の念は捨てがたいようだった。

それもこれも、陣屋の役人の負う荷は重く、本藩では柏崎勤務を、

――島流し――

と称して嫌っているのだ。

島流しとは、あの甲府勤番《こうふきんばん》のことを言う。

柏崎勤務を命じられれば、よほどのことがなければ本藩に帰ってこられないという実情があるからに違いない。

美里親子は、夫の与田駒之助が殺されて、藩庁としても美里親子に対して最大の心配りを考えている筈だ。

だから、白河に帰ってきてもよいという報せが届いたのだ。

それを、美里はそのまま受け入れるというのではなく、陣屋に残りたいと要望書を出したとは――。

「仙太郎もそれでよいのか……」

十四郎は、美里の傍で黒々とした目で話を聞いている仙太郎に尋ねた。

「はい。私も母も、よくよく考えて、父上をこの地に一人残しては帰れないと思ったのです」

しっかりと答える。すると美里が続けて言った。

「私たちは、この柏崎に暮らして十年近くになります。仙太郎は生まれてすぐに、この地にやってきましたから、白河のことは何ひとつ知りません。この十年の間に、私もすっかり柏崎の人間になりました。夫は生前、この地に骨を埋めると決心しておりました。白河に帰ることは考えていなかったのです。ですから私たちも……」

十四郎は頷いた。

美里と仙太郎の生き方に心を動かされていた。

「母上、お参りをしてまいります」

仙太郎が元気に本堂の方に走っていった。

「しかし、海がきれいだ。しっかりと眺めて帰ろうと思いましてな」

十四郎が輝馬と顔を見合わせて、眼下の海に目を移すと、美里も十四郎と並ん

で海を眺め、

「この海、季節によって色が変わってくるんですよ」

とじっと見詰めた。

海は今、大きな波を寄せてきている。

その白波は歯を剝《む》き出したように見えるが、次の瞬間、気抜けするように沖に引いていく。

ずっとその繰り返しだが、そのたびに海が泣いているように聞こえるのだ。

――海なり……。

これが海なりなのだと、十四郎は感慨深く見詰めていたが、ふと美里の横顔を見た。

美里は哀しげな顔でじっと海を見詰めていた。

――この人は、今何を考えて見詰めているのだろうか……。

と十四郎は思った。

美しい横顔だと思った。

――憂いの中に女の決意が窺《うかが》える。

お登勢が持っているそれも同じではないか……その姿は潔いし、愛おしい……。

十四郎は、美里と仙太郎の幸せを願わずにはいられなかった。

「お登勢様……お登勢様！」

お民が、どたばたと走ってきて、梅の花を活《い》けているお登勢の傍にどんと座った。

「お民ちゃん、なんですか、お行儀の悪い」

お登勢は苦笑して窘《たしな》めたが、ふと見たお民の手には、一通の文が握られている。

「どなたから……」

まさか十四郎ではあるまいと聞いたのだが、

「十四郎様からです！」

お民は、にこにこして手渡した。

「じゃあ……」

お民は、にやにやして部屋を出る。

「嫌な、お民ちゃん」

と言いながら、お登勢はお民の姿が消えると、急いで文を開いた。

「……」

逸《はや》る気持ちを抑えながら読んでいく。

文には、仕事は終わった。十日後には帰る。

そう書いてあった。

お登勢は、もう一度文字を追った。胸が早鐘《はやがね》のように打っている。

嬉しかった。十四郎が江戸を発ってから、十四郎のことを考えない日はなかった。

何をしていても十四郎の顔が頭にあったのだ。

——何を作って迎えてあげれば……。

十四郎が江戸に到着するのはまだ先だ。そう思いながらもじっとしてはいられないと思った。

「お登勢様、十四郎様がお戻りになるのですか」

藤七が顔を出した。

「はい。あと、そうですね、五日もすれば帰ってきます」

お登勢は弾んだ声で言った。

「ほっと致しました。これで橘屋も安心です」

藤七が言ったその時、

「おい、十四郎が帰ってくるぞ！」

金五が、文を手に入ってきた。だが、お登勢も報せを貰ったと知り、

「やれやれだな、お登勢。良い報せが来たのだ。今夜は馳走を振る舞ってもらおうか」

などとずうずうしいことを言って笑った。

すると、今度は万吉がやってきた。

「お登勢様、お客様です」

「まさか十四郎ではあるまいな」

金五が冗談を言うと、

「おつぎさんと与次郎さんです」

万吉は告げた。

「何……」

金五にお登勢、藤七が玄関に出ていくと、おつぎと与次郎が並んで立っていた。

「まあ、ずいぶんと良くなったんですね」

お登勢は与次郎の肩口を見て言った。

やくざな男に匕首で肩口を刺された与次郎は、柳庵の治療を受けていたのである。

やくざな男は平蔵が番屋に突き出し、お裁きを受けて島流しになっている。

与次郎の言う通り、男は与次郎に因縁をつけて金を奪い取ろうとしていたのだった。

ただ、おつぎは本所《ほんじょ》の蕎麦屋に住み込みで働くことになっていた筈なのだが、おつぎは言うのだ。

「お登勢様、今日はお登勢様にお許しを頂きたくて参りました」

「何かしら」

お登勢が聞き返すと、

「この人と、もう一度やり直したいのですが……」

もじもじして、おつぎは言う。

「何だと、与次郎とよりを戻すというのか」

金五が呆れた顔で聞く。

「はい。大騒ぎして、寺にまで入れていただいて申し訳ない気持ちですが、私、この人が、命を張って私を助けようとしてくれたこと、あれからずっと考えていたんです。それで、やっぱり、この人しかいないと……」

「まったく、いい加減にしろよ」

金五は口をとんがらせた。

「この通りです！」

与次郎は、いきなり土間に手をついた。

お登勢は大きく息を吐くと、二人に言った。

「分かりました。そういうことなら、やり直して、幸せになってほしいと思います」

「おいおい、お登勢……」

金五は不満げだ。

「でも、ひとつだけ約束してくれますか」

「はい！」

二人は声を揃えて、お登勢の顔を見た。

「二度と、離縁するなどということのないように」

「はい」

二人はまた声を揃える。

「今度同じような騒ぎを起こしても、うちでは引き受けません。それは肝に銘じて下さい」

「ありがとうございます」

二人は声を揃えて礼を述べると、

「与次郎さん」

「おつぎ」

みんなの目の前で抱き合って喜ぶ。

「やってられねえや。おい、与次郎。特別に許してやるから、今夜はこの橘屋で蕎麦を打って振る舞え！」

「はい！」

与次郎は喜色満面《きしょくまんめん》で頷いた。

それを見ていた万吉がお民に言う。

「お民ちゃん、おいら近頃思うんだ。大人って頭の中が複雑かなと思っていたけど、案外単純なんだなって」

「しっ。生意気な口きいて、叱られるよ」

お民は、万吉の頭をごつんとやった。

解説

菊池《きくち》仁《めぐみ》
（文芸評論家）

藤原緋沙子「隅田川御用帳シリーズ」は、二〇〇二年に廣済堂文庫から第一巻『雁の宿』が刊行され、二〇一三年に刊行された第十六巻『花野』で幕を下ろす形となった。作者のデビュー作で第一巻から高い評価を集め、巻を重ねるごとに人気が高まり、〝文庫書下ろし時代小説〟の人気作家としての地位を固めることとなった記念すべきシリーズものであった。

それを裏付けるものとして、二〇一三年に第二回歴史時代作家クラブ賞のシリーズ賞を受賞している。クラブ賞は同会の看板ともいえる賞で、第一回の受賞者が〝文庫書下ろし時代小説〟の草分け的存在の鳥羽《とば》亮《りよう》とベテラン鈴木英治であったことを考えると、いかに注目すべき内容であったかがうかがえる。ただ残念だったのは完結しているとは思えない終わり方であったことだ。

ところが、二〇一六年になって朗報が飛びこんできた。再刊されるというのだ。

この間の事情について作者自身が再刊された『雁の宿』のあとがきで記している。

《小説家として私が熱い思いで送り出したデビュー作、それがこの「隅田川御用帳」で愛着もひとしおある。

このたび事情があって出版社が変わりましたが、それを機会に第一巻から連続刊行していただけることになりました。

全部の巻をもう一度見直して、まだ出版していなかった最終巻発刊まで、毎月皆様にお届けできることを大変嬉しく思っています。》

短い文章だが作者の思いがひしひしと伝わってくる。やはり最終巻が用意されていたのである。それにしても〝文庫書下ろし時代小説〟はマーケットが成熟し、刊行点数も増えており、いくつかのシリーズが再刊されているが、売れ行きという点ではいまひとつというのが現状であった。それを十六カ月連続刊行するという。驚異的なスピードでリスクも高い。あるパーティの会場で作者にその話を聞いた時、出版社の英断に拍手を送りたくなった。狙いは当った。第一巻からすべて重版がかかったという。改めて作者の根強い人気に驚嘆した。と同時にこれは、早くから時代小説に着目し、入手しにくくなっていた武田八洲満《たけだやすみ》、徳永真一郎《とくながしんいちろう》、志津三郎《しづさぶろう》、南條範夫《なんじょうのりお》等の作品を手がけてきた実績がものをいったのであろう。

極めつきは戸《と》部《べ》新《しん》十郎《じゅうろう》の作品群で凄味のある品揃えとなっている。中でも『服部半蔵』は全十巻で、すべて書下ろしである。つまり、コツコツと積み上げてきた伝統と、書下ろしに対する期待値の高さが、マーケティングの精度の高さとなって反映したものと推測しうる。

本書はそんな経緯から新たな構想の下に書き下ろしたもので、祝言をあげたまま秋山藩へ出立した十四郎《じゅうしろう》のその後が描かれている。果して十四郎は無事にお登勢《とせ》の元に戻れるのか⁉　待望の刊行である。本書については後述するとして、本シリーズの面白さの秘密、つまり、読み所について触れておこう。

実は第一巻を店頭で見つけた時、新人の作品ということもあって、すぐ読んでみた。物語の主要舞台へ誘う筆の確かさに舌を巻いた記憶があり、シリーズ化されても「これはいける」と思った。なにしろ第一話「裁きの宿」の書き出しのうまさは群を抜いており、とうてい新人とは思えない筆力を感じた。特に隅田川沿いの街の光と影を巧みな情景描写で切り取り、それに誘われて読み進めていくと深川に縁切り寺があったという意表を衝く舞台装置と出会う。

このことに触れる前に留意しておきたいのは、作者が〝隅田川〟に注目したことである。〝隅田川〟は江戸の人々の心の故郷であり、作家側から見れば江戸情緒を醸《かも》し出す恰好の舞台である。言葉を変えれば読者が感情移入しやすい回路として作用する。なぜなら作者の小説観は《小説で一番大切なのは、人物をどれだけ描き切れるか》ということにあり、そのためには最高の情景を用意し、どれだけ深く主人公の心象風景と同一化させるかにかかってくるからだ。

作者はこの二年後に「橋廻り同心・平七郎控シリーズ」をスタートさせている。川の次に橋を題材として選定した作者の着眼点の鋭さに脱帽した。〝橋〟には人生の縮図がある。江戸の人々にとっては〝橋〟は〝川〟と同様に生活に密着した存在であり、離合集散の場であった。日本人ほど〝橋〟に人生の一コマをシンボライズさせる民族もない。〝川・橋〟にはストップモーションをかけられた人生がある。

この手法は〝坂〟をモチーフとした『月凍てる』、〝渡し場〟をモチーフとした『百年桜』へと発展し、人物像の彫りをより深く、ドラマの密度をより濃いものにするといった小説作法として成熟していく。

話を縁切り寺に戻そう。作者は物語の主要舞台を縁切り寺とし、お登勢を門前の「橘《たちばな》屋」の主人、塙《はなわ》十四郎をその用心棒と設定。それを深川の富岡八幡宮の北にある慶光寺《けいこうじ》としたことがシリーズの肝となっている。

この狙いについて、作者は次のように語っている。
《もともと深川に縁切り寺などあった訳ではありませんが、江戸に縁切り寺を設定し、寺宿を置くことには理由があったのです。
話はむろん別れ話ですが、そこに登場してくる人々を通じて、市井《しせい》の人々の暮らしや人情を書くことに主眼があったからです。》〈第十四巻『日の名残り』〝あとがき〟〈廣済堂文庫版〉〉
この前提に作者は痛みを伴う理由があった。それは、《実は私も離縁の経験者で、書下ろし時代小説の第一作を離縁の話にしようと考えたのは、自分のこととして向き合えるのじゃないかと考えたからだ。》〈第一巻『雁の宿』〝あとがき〟〉
要するにこの設定が、離縁話の背景にある現代と変わらない喜怒哀楽の感情や、心の奥に巣くう欲、業といったものをあぶり出す巧妙な装置となって生きてくるわけだ。離縁話には百組の夫婦がいれば、そこには百通りの理由があり、その意味ではネタの宝庫であるが、大切なのは作者の扱い方である。
この点について作者は明確な方針で執筆に臨んでいる。前述の『日の名残り』の〝あとがき〟に次のように記している。
《駆け込むのは女の方だから、話はどうしても女の主張を通じて展開することになりますが、多くの小説にある男の視点ではなく、できるだけ女の視点から、江戸時代の夫婦の有り様を書こうと思ったのがこのシリーズの狙いでした。

　この時代、確かに男優位の時代でしたし、それに町人がいくら力をつけてきたとはいえ、身分制度の壁は厚く、女にとっては受難の時代だったことは間違いありません。

　ただ、私はその受難の悲惨な陰々滅々とした面だけでなく、その中でも、へこたれずに新しい生活を手に入れようとする前向きな女たちを描こうと考えてきました。》

　寄り道になるが、この二つの〝あとがき〟を読むと改めて再刊の意義が伝わってくる。シリーズを書き始めてから十五年。作者の内部で発酵したものを含めて、読者に何をどう伝えたいかという真情が吐露されている。これにより、より深く作者の意図に沿って、物語に入っていけるという利点もある。

　ところで縁切り寺を舞台とした作品には、隆慶一郎《りゅうけいいちろう》『駆込寺蔭始末』、宮本昌孝《みやもとまさたか》の連作『尼首二十万石』、『影十手活殺帖』、『おねだり女房』、井上ひさし『東慶寺花だより』等があるが、これらの先達の作品とは一線を画す内容となっている。それは作者自身が語っているように、女の視点をテコとして描くという独自のスタンスからきている。例えば、"三ツ屋"の存在がそれを証明している。"三ツ屋〟は佐賀町永代橋の袂にある水茶屋で、夜は船宿となる。慶光寺での修行を終えて離縁がかなったが、行き先が定まらない女たちや、訴訟費用や寺への上納金を橋屋に立て替えてもらい、それを返済しなければならない女たちのために、お登勢が用意した受け皿である。こういった肌理細《きめ》かな対応は、作者独特のスタイルで、本シリーズの狙いが苛酷な現実と向いあう気力と、それを超えていく意思の強さを描くことにあることをうかがわせる。

実は縁切り寺を舞台とした理由には、もうひとつ重要な意味がある。時代小説を面白く読ませる最大のポイントは、ヒーローやヒロインの〝職業のユニークさ〟である。時代小説、なかでも市井人情ものの場合、〝職業小説〟という側面をもっている。〝職業〟は時代を映す鏡であり、そのユニークさをフィルターとすることで、独自の物語空間の創出が可能となるからだ。〝職業〟を通して、江戸の情緒や匂い、時代を駆け抜けていった人々の足音を活写できる。作者は〝縁切り寺〟に門前で御用を務める「橋屋」のおかみとその用心棒という職業を重ね合わせることで独自の物語を立ち上げたのである。作者の題材の選定に対する着眼点の鋭さと、それを絶妙な設定へ転換する独特な手法が、読む意欲を喚起させ、高い人気を呼び込む原動力となった。

これ以降、作者は〝職業〟を物語の中核に据えることで、多くの人気シリーズを世に送り出した。デビュー作から〝文庫書下ろし時代小説〟は、〝職業小説〟であると見抜いたあたりは、まさに炯眼《けいがん》の士といえる。ついでに言えば、作者の非凡さは〝文庫書下ろし時代小説〟が出版マーケッティング上、選択せざるをえないシリーズ化という足枷を、自らの小説作法の肥やしとして成熟化の道を歩んできたところにもある。つまり、シリーズものと単行本の違いをただ単なる判型の違いにとどめず、人物像の彫りをより深く描けること。密度の濃い群像ドラマとして仕立てやすいこと。この両者をテコとする手法に進展させたのである。

以上が本シリーズの読み所のひとつであると同時に、ヒットに結びつけた第一の要因である。シリーズものの二十年近い歴史を俯瞰すると、ヒットしたシリーズものには共通項がある。以下、それに沿って話を進めていこう。

第二の要因は各巻を繋げ、物語の展開にアクセントをつける〝導線〟の設定である。これは主人公の過去であったり、闇の集団の存在等、シリーズものによって違うが、作者が知恵を絞るところである。本シリーズでは十四郎とお登勢の恋愛模様がそれにあたる。作者が第一巻で十四郎とお登勢の過去に綿密な筆を揮《ふる》っているのは、人物像を際立たせることもあるが、寄り添うことを宿命づけられた二人の魂のありようを描くためだ。だからこそ第一巻第一話「裁きの宿」での出会いが強い印象を残すのである。恋愛ものの起点は出会いの形而上学である。作者はその定石を踏みつつ、二人の恋愛の進展を導線として設定したのである。巻を追うごとに寄り添っていく二人の魂を描いた場面は、さりげないが切ないほどの情景描写となっている。つまり、近景に痛みを伴った離縁話があり、その遠景に二人の恋愛を置いたのである。見事な構図である。

第三の要因は個性の強い脇役の造形と、人物配置のバランスである。要するに、群像劇を巧みに描きわける筆力があるか、どうかである。この点でも本シリーズの顔ぶれは多彩で楽しめる。特に、万寿院《まんじゅいん》（第十代将軍家治《いえはる》の側室お万《まん》の方）と楽翁《らくおう》（松平定信《まつだいらさだのぶ》）の存在は、物語に奥行の深さと間口を広げる役目を担っていて、うまい配役である。加えて十四郎が仕えていた築山《つきやま》藩は、彼にとってはへソの緒のようなもので、それが時たま顔を出すことによって、離縁話とは趣の違うエピソードが、物語の進展に彩りを添えている。また、巻を追うごとにレギュラー陣も増え、立場や心情が変化していく様を見るのは、本シリーズの読み所のひとつである。個人的には重要な脇役として活躍する近藤金五《こんどうきんご》の生きざまに拍手を送りたい。

　以上が共通項だが留意したいのは、作者が独自に創り上げた小説作法もある。それは各巻、各話の題名に籠められた日本的情緒を象徴する美しい日本語を駆使する手法である。例えば、隅田川を始めとした江戸の四季の移ろいをエピソードの背景におくことで興趣を盛り上げている。つまり、自然の美しさやそこに佇む人への愛しさが立ち上ってくるような情景を肌理細かな筆致で描いている。これは、日本語の美しさを堪能してもらいたいという意図と、いずれも日本の生活様式を支えてきた原風景で、それを記憶にとどめておいてもらいたいという作者の願いである。ここには時代小説だからこそ書ける現代性がある。これが多くの女性ファンを虜《とりこ》にした原動力といえよう。

　もうひとつ指摘しておきたいことがある。第十一巻『雪見船』の第三話「侘助」で事件の鍵となる荷車による人身事故を扱っている。家族を無謀運転で轢き殺された事故のニュースが続いているが、いち早く反応し、作中で生かす手法には作者ならではの時代批評を読み取ることができる。こういった女性作家らしい細やかな配慮もヒット要因のひとつと言っていい。

　いずれにせよ、デビュー作からヒット要因を自家薬籠中のものとして健筆を揮ってきたわけだが、これは物語作者としての並々ならぬ力量を示している。その意味で本シリーズは二十年に及ぶ〝文庫書下ろし時代小説〟の歴史に名を残す画期的なものであった。作者がデビューした二〇〇二年は、〝文庫書下ろし時代小説〟の出版点数が大幅に伸び、拡大基調下の頃である。それだけにマーケットを支えてきた読者の間には、女性作家登場への渇望があった。当時、この分野で健筆を揮っていたのは六道慧《りくどうけい》（光文社文庫）のみである。そこへ斬新な設定と、彫りの深い人物造形、流麗な筆致による情景描写を備えた作者の登場は、渇いた喉をうるおすのに充分な魅力を備えていた。作者の登場後、今井絵美子《いまいえみこ》、和田はつ子をはじめ、高田郁《たかだかおる》、小早川涼《こばやかわりょう》、小松エメル等、有力な書き手が次々と現れ、華やかさを競っている。いわば作者が道を拓き、マーケットに活を入れたのである。

　そこで本書である。前述したように本書は二〇一三年に刊行された第十六巻『花野』に続く最終話として用意されていたものである。四年の歳月を経て、陽の目を見たのである。期待で脳が震えるのは無理からぬところ。前作「雪の朝」は、都会に出て変わってしまった男と、それを支えきれなくなった女とのありふれた夫婦の崩壊話が、その背後で蠢く秋山藩のお家騒動に繋がっていくという凝った造りとなっていた。楽翁から下った新たな密命はその解決で、お登勢と祝言をあげたばかりの十四郎は、秋山藩のある越後へと旅立った。果して十四郎は無事にお登勢の元に帰って来れるのか、気になるところ。

第一話「寒梅」は秋山藩での十四郎一行の活躍を描いたもので、待ったかいのある素晴らしい出来映えとなっている。興を削ぐのであらすじの紹介は避けるが、藩政改革が引き金となってお家騒動へ発展していくプロセスを巧みな筆さばきで描いている。特に、〝梅〟を小道具に十四郎とお登勢、十四郎に思いを寄せる奈《な》緒《お》との静かな佇いを見せる交情は、欲望渦巻くお家騒動が背景にあるだけに、一《いっ》幅掛《ぷくがけ》を観賞しているような清涼剤として作用している。シリーズの中でも抜きん出た好短編である。

ところが話はこれで終らない。お登勢のいる江戸へと思っていた十四郎に、楽翁から新たな密命が下る。白河藩の飛び地がある同じ越後の柏崎へ向ってくれというものであった。これが第二話「海なり」の始まりである。一二七四年（文永十一）、流罪を許された日蓮が、佐渡から寺泊《てらどまり》に向う途中、大風に流されて柏崎に漂着している。そのことで有名な地だ。江戸時代には高田藩や白河藩、桑名藩と藩名が変遷した。柏崎には八万石もの領地があり、白河藩にとっては欠かせない穀倉地帯である。陣屋を置いて管理をしているのだが、このところ農家を襲い金品を強奪する事件が多発しており、密命は、陣屋では人手が足りないので助けてやってくれ、というものであった。

実は、作者は柏崎と深い縁で結ばれている。二〇一五年に柏崎を舞台とした『番神の梅』（徳間書店）を発表している。同書は、天保年間に柏崎を領地としていた桑名藩が舞台で、同藩の下級武士の父子が綴った日記を元に、独自の物語を構築した書下ろし作品である。史料を読み込み、そこから独自の物語を立ち上げる小説作法は、作者の得意とするところだが、さらに円熟味を増したものとなっている。特にヒロイン・紀久《きく》の造形は深みを増し際立ったものとなっている。厳しい自然と貧しさからくる苛酷な現実の中で、幼子を亡くし、病に斃《たお》れる。哀切きわまりない最期なのだが、それは表面的な見方で、作者は、生きた時間の長さではなく、たとえ短い時間であったとしても、いかに自分を磨くために努力したかである、としている。事実、紀久は苛酷な現実に負けず、豊かな人間性を備えた母として成長している。紀久は病に斃れたが、番神堂に植えた梅は、厳しい風土を肥やしとして花を咲かせた。これが紀久の生の象徴となっている。デビュー当時から一貫して女性像を追求してきた作者の到達点を示す最高傑作であった。

これは推測でしかないが、「寒梅」は序章で作者は柏崎に立ち寄らなければすまない内的必然性があったのではないか。それはおそらく、重要な登場人物の一人である美里《みさと》の造形に秘められていたのだろう。「柏崎に残ります」という美里には、明らかに紀久の明日が投影されている。「海なり」の中に込めた作者の意図を理解するためには、『番神の梅』を合わせて読むことをお勧めする。

ところで、十四郎とお登勢の再会はどうなったのだろう。どうやらシリーズはまだ終らない。また、楽しみがひとつ増えた。

光文社文庫

文庫書下ろし／長編時代小説

寒《かん》　梅《ばい》　隅《すみ》田《だ》川《がわ》御《ご》用《よう》帳《ちょう》(七)

著 者　藤《ふじ》原《わら》緋《ひ》沙《さ》子《こ》

2017年 9 月20日　初版 1 刷発行

発行者　鈴木広和
印 刷　堀内印刷
製 本　ナショナル製本

発行所　株式会社 光文社
〒112-8011　東京都文京区音羽1-16-6
電話 (03)5395-8149　編集部
8116　書籍販売部
8125　業務部

落丁本・乱丁本は業務部にご連絡くだされば、お取替えいたします。
ISBN978-4-334-77532-2　Printed in Japan

組版　萩原印刷